FABBRI EDITORI LIKE

Pierdomenico Baccalario
Alessandro Gatti

Aurora Chen
e la banda della pantofola assassina

FABBRI EDITORI
LIKE

Pubblicato per

FABBRI EDITORI

da Mondadori Libri S.p.A.

Written by Pierdomenico Baccalario and Alessandro Gatti

A story by Book on a Tree
www.bookonatree.com

ISBN 978-88-915-8196-9

Prima edizione: maggio 2019

Sono le dieci di sera passate, su Milano batte una pioggerella fine e fredda e non si capisce proprio cosa ci facciano tre giovanotti in via Paolo da Cannobio, stretti nei loro giubbotti di pelle, le mani in tasca, passo svelto e sigarette all'angolo della bocca.

Non si capisce, perché in quella via non c'è un bar, un cinema, niente. Solo negozi chiusi e uffici ancora più chiusi. E allora?

Forse è proprio per quello che stanno filando. Uno di loro ha un gran paio di baffi castani, un altro è prestante e assomiglia vagamente all'attore francese Jean-Paul Belmondo, mentre il terzo è un mingherlino dall'aria scorbutica. Il baffo ha una sacca sportiva in spalla. Indica con la testa una Fiat 131 rosso scuro, all'angolo con Corso di Porta Romana. I tre accelerano ancora il passo e raggiungono l'auto. Al posto di guida c'è un tipo allampanato. Un amico che li sta aspettando, si direbbe. E infatti i tre saltano a bordo e gli battono una pacca sulla spalla.

«Forza, Ortiga! Dritti alla maison, che la giornata ce la siam guadagnata anche stavolta!» fa il tipo atletico.

«Oh be', anche più di una giornata» gli fa eco quello coi baffi, assestando un paio di colpetti sulla sacca che ora ha in grembo.

L'amico alla guida, quello che chiamano Ortiga, ha messo in moto ed è partito come una saetta, accennando appena un sorriso e senza spiccicare parola.

«Oh, Ortiga, non esagerare con l'entusiasmo, eh?» lo canzona il baffo.

«E se poi guidi in un modo che non ci fa pinzare dalla Madama ci fai un piacere!» sibila il mingherlino.

L'Ortiga bofonchia qualcosa d'incomprensibile, rallenta e svolta in una via secondaria.

«E comunque è meglio così» ridacchia il quasi-Belmondo. «Se l'Ortiga si mette a ridere domani nevica e io invece devo portare la Gabriella al mare!»

Uno scoppio di risa riempie l'abitacolo.

L'Ortiga, naturalmente, increspa solo le labbra nella vaga imitazione di un sorriso. Poi guarda l'orologio in modo un po' preoccupato, controlla lo specchietto e svolta di nuovo.

Sembra nervoso, il giovane alla guida, e forse è giusto che lo sia. Perché quello non è un semplice gruppo di amici. Quella è una banda di ladri, che ha appena messo a segno uno dei suoi colpi più importanti, nel caveau di una banca di piazza Velasca. L'Ortiga continua a guidare, guardingo e silenzioso, mentre gli altri tre parlano e ridono.

Fuori, la pioggia insiste a scendere, fredda e paziente, sulle vie della città.

È la sera del 19 novembre 1979.

1
Una questione di nomi

Non è che faccia più una gran differenza, ormai, perdersi o sapersi orientare in città. Soprattutto se la città è Milano e ti chiami Aurora Chen, all'anagrafe Lijuan Anna Chen, nata dodici anni fa al secondo piano dell'ospedale Macedonio Melloni, culla 108, come il numero degli eroi del più famoso romanzo classico cinese, *In riva all'acqua*, che però a Milano non conosce nessuno. Così come a Milano, ormai, quasi nessuno sa i nomi delle strade, o perché si chiamino così. Tipo via Fiori Chiari, o via Bagutta. Sarà forse perché – a sentire lei – l'ultima vera milanese rimasta a Milano è la signora Frigerio, che abita al quarto piano del palazzo di Aurora. Se hai la fortuna di salire sull'ascensore con la signora Frigerio, può capitare che te lo racconti lei un pezzo di storia della città. E, se non hai fretta, può essere quasi divertente!

Ogni volta che Aurora pensa alla signora Frigerio e al suo cappottino color malva, le labbra le si distendono in un sorriso. E di solito è questo il genere di pensieri tra i quali lascia bighellonare la mente quando le lezioni a scuola diventano *troppo* noiose. Non diremo il nome della scuola, perché non sarebbe carino, casomai il quartiere: Bovisa. Un posto tutto sommato normale, una miniera di scritte sui muri e di marciapiedi d'asfalto bucherellati dai cavalletti dei motorini.

Aurora, comunque: è del suo nome che stiamo parlando. Ha insistito così tanto per averlo che anche le insegnanti ora la chiamano così. Le sono sempre piaciuti i nomi, fin da piccolissima, quando tormentava i genitori con raffiche di «perché questo si chiama così» e «perché quello cosà», e quei due, arrivati da qualche anno da Hangzhou, che cercavano di risponderle, con una miscela di cinese e italiano ancora non perfetto.

Aurora le è sempre parso un nome bellissimo, non solo per il suo significato, il sole che nasce, il lontano Oriente delle sue radici, ma soprattutto per quelle due vibranti «erre» che lei pronuncia alla perfezione, al contrario di quasi tutta la sua famiglia.

Perché Aurora è brava, niente da dire. Brava, e furba quanto basta. Nessun problema a scuola, mai, nemmeno un piccolo incidente. E soprattutto ha scoperto molto presto il grande segreto: è tutta una questione di *aspetto.* Se oltre a ottenere buoni voti riesci anche ad apparire calma, seria e affidabile, allora è fatta. Per i professori diventi parte dell'arredamento, è come se non ti vedessero più. E così loro possono concentrarsi sui misfatti degli alunni più «vistosi», come Crinolli che si ribalta con tutto il banco cercando di copiare o Khaddouri che si sveglia di soprassalto grugnendo come un cinghiale.

Aurora no, lei tiene un profilo basso e regolare, affidabile. Anche con i suoi compagni evita di far cavolate ma, tanto per dire, non impedisce a Sara Bortuzzi, alta e ricurva come un lampione, di sporgere il lungo collo per copiare da lei. Ogni benedetto compito in classe!

La sua vita a scuola si svolge, insomma, in modalità *stealth.* Che significa invisibile agli altri, come ha imparato dal libro d'inglese. E quella parola le è subito piaciuta un sacco, tanto da usarla per il nome del suo personaggio in Showdown, il suo gioco online preferito. In quel mondo di gangster e poliziotti corrotti, lei è Cylla Stealth, un contrabbandiere impossibile da acciuffare.

Quella è la passione più grande di Aurora Chen: i videogiochi.

E ultimamente le piacciono ancora di più, perché ha scoperto che il più geniale designer di videogiochi non è un tipo, ma *una tipa*, una ragazza bionda di nome Jane McGonigal. Così un giorno è andata alla biblioteca comunale di Dergano a chiedere in prestito il libro che Jane ha scritto sulle ragazze furbe e i videogiochi, e se l'è letto d'un fiato.

Giornata positiva, quella, a parte un fastidioso contrattempo... Il nuovo ragazzo che aiutava in biblioteca aveva tentennato a darle il libro, perché non aveva la tessera con sé. Aurora ne sapeva a memoria il codice e gliel'aveva detto. Macché, quello aveva dovuto chiedere a Gigi, il VERO bibliotecario, se si poteva fare. E intanto l'aveva guardata con quella faccia che diceva "chissà questa qua da dove arriva" e "ci sarà da fidarsi?".

Per fortuna a quelle domande aveva risposto Gigi, il VERO bibliotecario, scoppiando a ridere. «Ma certo che si può! Scherzi! Non sai chi è lei? È Aurora, lettrice forte, come si dice, anzi, fortissima: si è già letta mezza biblioteca!»

«Ah, ok» aveva risposto il furbone, ma quello sguardo negli occhi gli era rimasto.

«Aurora, ti presento Christian, è appena arrivato.»

Aurora aveva sorriso, con un affilato «grazie di cuore» irto di erre come il suo nome. E Christian era arrossito fin quasi a raggiungere la tonalità fluorescente della copertina del Devoto Oli, il vocabolario appoggiato lì accanto, nello scaffale dei libri di consultazione. Tempo tre settimane e per fortuna Christian il Diffidente era stato trasferito a fare le sue domande cretine in uno dei mille uffici della pubblica amministrazione.

Il libro della McGonigal sui videogiochi, in ogni caso, aveva stregato Aurora, che aveva sventolato sotto il naso dei suoi genitori la sua pagella costellata di 7 e 8 fino a quando si erano decisi a comprarle una PlayStation. Usata, ma sempre meglio del catorcio preistorico che aveva ereditato da suo cugino. Aveva provato Titanfall 2, bello. Aveva provato Fortnite, bellissimo. Ma il grande amore era arrivato solo con Showdown, il gioco dei gangster degli anni '20.

Showdown è proprio quello di cui stanno parlando Peretti e Garlaschelli, i due spocchioso-fighetti della classe, con i capelli scolpiti, il maglioncino di cachemire e certi pantaloni strettissimi raccomandati da Sbonfiz, l'influencer del momento.

Eccoli lì, appoggiati al muro, nel disperato tentativo di assumere una posa interessante e forse addirittura convinti di esserci riusciti. Aurora li teneva nel radar da un paio di giorni, dopo che aveva carpito alcuni accenni, mezze parole, codici di gioco... Ora si tiene a distanza, vicino al termosifone, con il naso sprofondato in un libro fantasy preso da Gigi il giorno prima, ma in realtà ascolta i discorsi di quei due.

Il Pere e il Garla, maestri del sorrisetto sprezzante.

«Una iena, ti dico...» fa per l'appunto il Garla. «È arrivata nel magazzino dei rifornimenti come se niente fosse. Tipo così, come se stesse solo gironzolando...»

«E tu?»

«E io niente, Pere! Le ho parlato un po' in chat... Oh, sembrava una newbie, pivella totale ti dico. Allora ho pensato di venderle un po' di roba inutile a prezzi assurdi...»

«E...?»

«E quella ha fatto entrare tutti i suoi scagnozzi e niente... mi hanno massacrato!»

«Ma massacrato quanto?»

«Sto fuori, a zero, niente vite, niente show-dollars, niente whiskey, niente, hai capito?»

«Che grandissima...»

«Puoi dirlo forte, Pere!»

«Sarà stata una di livello Godfather.»

«Per forza è un Godfather. Solo chi controlla tutto il gioco può fare una cosa del genere.»

«E te lo ricordi come si chiamava?»

«E chi se lo dimentica! Cylla Stealth.»

A quel punto, ovviamente, Aurora potrebbe tossicchiare lievemente per poi dire: "Ah, eri tu quel newbie pivello totale, con quell'assurda cravatta arancione... Come mi dispiaaace!". Dopotutto ha qualche migliaio di sorrisini sprezzanti di cui vendicarsi. Potrebbe, ma si limita a sorridere, nascosta dietro il suo libro. Le basta così: bel lavoro, Cylla Stealth!

«E tu davvero non gli hai detto niente?» ansima Stefano, schiacciato dalla cartella.

«Non avevo niente da dirgli, Ste.»

«Ma come hai fatto a resistere? Fossi stato io, Cylla Stealth, sarei andato dal Pere e gli avrei detto...»

«Sentiamo. Cosa gli avresti detto?»

Stefano si passa una mano sulla fronte. Suda sempre, quando si muove, per via del triplo strato di maglioncini a cui la madre lo costringe tre stagioni su quattro.

Stanno camminando verso casa di Aurora, al 17bis di via Baldinucci, seguendo il loro itinerario numero tre. Il numero uno di solito lo fanno di lunedì e di giovedì. Il due il martedì e il venerdì. Il tre è quello più lungo, perché bisogna passare nel parcheggio del Bonny Market e poi dai giardini di via Candiani. Il percorso tre è il preferito di Aurora, non solo perché le piace il mercoledì, ma perché lei e Stefano hanno più tempo per parlare.

Stefano Lancini: il suo miglior amico, per non dire l'unico. Il ragazzo più ansioso dell'universo. A scuola porta *tutti i giorni tutti i libri*, per paura di dimenticarsene uno. Ha qualcosa come tredici diversi caricatori di telefonino, per qualsiasi evenienza. Suo padre installa antifurti e, inspiegabilmente, ha trasmesso la passione al figlio. Sua mamma lo aspetta a casa, sempre e comunque. Quel genere di famiglia, insomma.

Non è chiaro in che modo siano diventati amici: Stefano sostiene che sia successo a scuola, durante un intervallo. Secondo Aurora invece è successo in biblioteca, quando entrambi avevano cercato di prendere in prestito, nello stesso momento, il settimo volume della saga *Cuore di Corvo.*

«Credevo che questi romanzi non piacessero ai ragazzi» aveva detto Aurora, quel giorno. E Stefano era impallidito, perché in effetti *Cuore di Corvo* era una di *quelle storie*, con amori tormentati, vampiri, mummie e, ovviamente, corvi.

«E infatti non mi piacciono» aveva risposto lui, afferrando a casaccio dallo scaffale dei nuovi arrivi *Inchiostro di sangue*, l'ultimo capolavoro del re dell'horror Dennis Bishop. L'aveva messo sottobraccio, preso in prestito e poi letto, non riuscendo più a dormire per le due settimane successive, il tempo che Aurora aveva impiegato a riportare quel cavolo di *Cuore di Corvo.*

Vanno nella stessa scuola, ma in sezioni diverse, e vivono ai due lati della stessa strada, Stefano figlio unico e Aurora con tre fratellini (in grado però di fare rumore per trenta). Aurora preferisce stare in casa il meno possibile e Stefano cede volentieri quote della sua solitudine da figlio unico. Quando sono insieme non fanno niente di straordinario: leggono, studiano, schivano i genitori e, finiti i compiti, giocano online o, se la mamma di Stefano si fida a lasciargli attraversare la strada, lui corre nell'*ufficio* di Aurora per vederla giocare, che è più divertente (perché non c'è sua mamma che continua a entrare in camera a chiedergli delle cose!).

«Be', gli avrei detto... *ah-ah!*»

«*Ah-ah.* Però, ci sai fare con le parole, Ste!»

«Ma no... Avrei iniziato con *ah-ah* e poi avrei continuato con *lo sai chi è Cylla Stealth, quella che ti ha fatto un mazzo così? Sono ioooo!*»

«Uhm, e poi che succedeva?» domanda Aurora, camminando spedita. «Probabilmente mi avrebbero preso in giro davanti a tutti, perché non mi credevano. O, peggio ancora, veniva fuori che il loro idolo Sbonfiz in un suo video dice che picchiare le ragazze è cool e loro ne approfittavano per farmi un occhio nero!»

«Questo, in effetti, è possibile» ammette Stefano.

Girano l'angolo dell'isolato. Una lavanderia, un negozio di borse, un fioraio. Ormai sono quasi arrivati.

«E allora gli avrei detto: ragazzi, lo sapete che sta uscendo la versione di Showdown ambientata negli anni '70? Ce l'avete già?»

«Ci puoi scommettere che ce l'hanno già.»

Ed eccoli arrivati: la vetrina del Jolli, il vecchio baretto del quartiere rilevato dai genitori di Aurora, con le tipiche tendine a mezza altezza che non lasciano vedere dentro. E subito accanto c'è il portoncino del palazzo. Si salutano, Aurora sale le scale, spalanca la porta, ignora il tornado di urla che arriva dalla cucina e marcia veloce in camera sua. Qui posa lo zaino, seleziona un libro e un paio di quaderni, si cambia indossando la divisa del pomeriggio e ripassa in cucina. Saluta sua mamma Jia e l'aiuta a lavare piatti e bicchieri dei fratelli, mentre le racconta cosa ha fatto a scuola – «niente» – poi recupera libro e quaderni sottobraccio e scende nel bar.

Non appena richiude alle sue spalle la porta di casa, Aurora sospira, sollevata.

Silenzio, finalmente.

Il Bar Jolli è tranquillo come sempre. Al banco ci sono un paio di signori che lanciano languide occhiate a una *Gazzetta dello Sport* ormai stropicciatissima dopo le colazioni del mattino, e intanto sorseggiano il loro caffè. Ai tavoli, quattro o cinque colleghi di lavoro, in pausa pranzo, mangiano sulle tovagliette di carta. La televisione in alto trasmette le ultime notizie del telegiornale. Scorrono i titoli di borsa. Papà è dietro al bancone, dove sono allineati i suoi famosi spuntini di mezzogiorno, che mescolano allegramente Cina e Italia: grande Insalata del Dragone (è la specialità del Jolli), bocconcini di pollo alla Chen con broccoli e riso, frittatine con le erbette.

«Papà!»

«Aurora! Come è andata a scuola?» Le erre di papà assomigliano ancora pericolosamente a delle elle, ma Aurora adora che con lei si sforzi di parlare italiano. Perché sa che lei preferisce così.

«Bene!» risponde.

Si serve un piattino di insalata e pollo, poi fa il giro del bancone e va nello stanzino dove prima che suo papà rilevasse il locale c'era un biliardo (lo si capisce da come sono messe le luci sul soffitto e da un riquadro di legno sul muro dove una volta c'era il segnapunti). Per qualche motivo, nessuno dei clienti del Jolli va mai a sedersi a quei tavoli, come se non gli avessero mai perdonato di aver levato il biliardo. In realtà, quando erano arrivati i Chen, il biliardo era già bello che andato, altrimenti lo avrebbero tenuto. Ma tant'è, era lì che Aurora aveva stabilito il suo ufficio: due tavolini uno accanto all'altro, di fronte al monitor con la Play e accanto a un piccolo scaffale di vocabolari e altri libri.

Il tempo di mangiare il pollo di papà Liwei, una delizia dolce, speziata e un po' piccante, e poi i compiti.

Nel silenzio dello stanzino da biliardo, i rumori del bar le arrivano lievi e le fanno compagnia con la loro regolarità: papà che sparecchia e poi fa capolino per chiederle se voglia ancora qualcosa da mangiare, la cassa che si apre e si chiude, il beccuccio del vapore della gloriosa San Marco con cui prepara i caffè, l'immancabile battuta di un cliente nuovo che si stupisce di quanto lo sappia fare bene, da vero italiano, ognuna di quelle piccole cose fa parte della dimensione pomeridiana di Aurora.

E come ogni altro pomeriggio, i compiti vengono liquidati in un'intensa ora di concentrazione, senza distrazioni, se non quel tenue sottofondo. Alle tre e trenta spaccate libri e quaderni vengono messi da parte, Aurora fa un giro del bar tanto per sgranchirsi un po' ma non troppo, per evitare magari che papà le appioppi qualche incarico inaspettato, e torna in ufficio.

Accende la Play e si catapulta tra i gangster di Showdown, per la sua prima ora di gioco in solitaria. La mamma di Stefano non gli lascia usare la tv prima delle quattro e mezzo, nonostante lui abbia provato a condividere con lei l'evidenza scientifica che i videogiochi fanno bene al cervello degli adolescenti. La pubblicità dell'imminente lancio di Showdown '70 colpisce Aurora come una stilettata. Chi ha avuto l'incredibile privilegio di vederlo, o di provare la versione Beta, ne dice meraviglie. Ma sono comunque meraviglie troppo costose, per lei. L'unica cosa che si augura, in verità, è che con l'uscita della nuova versione i giocatori di Showdown non abbandonino in massa la vecchia città per migrare in quella nuova, dove, a quanto pare, i personaggi femminili portano tutti degli incredibili pantaloni a zampa di elefante, mentre quelli maschili hanno delle basette micidiali.

È più o meno mentre Aurora, occhi fissi sullo schermo, sta organizzando una pericolosa sortita notturna nel porto di Baltimora, che nel quieto pomeriggio del Bar Jolli capita qualcosa di inaspettato. All'inizio sembra tutto normale. Il papà di Aurora sta preparando i piattini per gli aperitivi delle sei e mezzo, quando chiudono gli uffici della zona. La televisione è accesa con il volume a zero. Qualcuno armeggia con la porta d'ingresso, la spinge. Sono tre vecchietti un po' male in arnese, vestiti in modo strano: sotto, tre tute di quelle che si comprano al mercato e, sopra, tre cappottacci vecchi e logori di quelli che ti vendono in centro, nei negozi vintage, derubandoti.

I tre si fermano appena superata la porta e si guardano intorno, spaesati. È come se gli alieni li avessero riportati sulla terra dopo un lungo viaggio. È proprio questo, a incuriosire Aurora: sembrano finti. Fuori luogo.

Poi, quello con un elegante cappello Borsalino se lo sfila dalla testa, si ravvia due volte i non molti capelli che gli sono rimasti, guarda il papà di Aurora e gli domanda: «Dove è finito El Ràgn?».

2
Liquori dimenticati

A proposito di nomi. Il papà di Aurora si chiama Liwei. Liwei Chen, come il nonno, come il bisnonno e via in questa direzione fino al secolo prima, e in quella opposta fino al fratellino minore di Aurora.

El Ràgn, invece, era il misterioso soprannome del primo proprietario del Jolli, al secolo il signor Gianni Crippa. Anche senza il *signor*. Il Gianni Crippa e basta. Perché lo chiamassero El Ràgn era stato per anni motivo di discussioni con lo stesso Gianni. Forse perché quando da ragazzo giocava a calcio era famoso per la sua marcatura ossessiva, o forse perché aveva le gambe e le braccia molto più lunghe rispetto al resto del corpo, chissà. Ora, però, poco importa.

Il secondo dei tre vecchietti, quello alto e magro, che balla dentro un cappotto verde bottiglia di due taglie troppo grande, dice, in crescendo: «El Ràgn, il Gianni. Crippa! Che fine ha fatto?».

A quel punto, Aurora ha messo in pausa il gioco e si è fatta attenta.

«Il signor Gianni è andato a Cuba» risponde suo papà.

«DOVE?!»

«A Cuba.»

«E cosa ci fa il Crippa a Cuba?»

Aurora lo sa bene, che cosa ci fa: niente. A quanto ha sentito dire da un paio di vecchi clienti, el Ràgn ha venduto il bar a suo padre ed è andato là a godersi il caldo e la vecchiaia. Ma non pensa che sia il caso di dirlo.

I tre, brontolando, danno un'occhiata in giro. Si muovono lentamente, hanno facce perplesse, cercano di capire cosa è cambiato, e perché. I tavolini nuovi non sembrano di loro gradimento. Il pavimento, invece, è sempre quello, in piastrelle di finto marmo beige. Lo approvano. E quando quello che ancora non ha parlato, che ha i baffi striati di giallo, da accanito fumatore, si affaccia a controllare la sala del biliardo, le uniche parole che gli scivolano fuori dalle labbra, accompagnate da una smorfia, sono: «Sparito anche quello!».

A questo punto i tre si siedono all'unico tavolino vicino alla vetrina del Jolli.

«Robe da matti: a Cuba, è andato!» dice quello con il cappello.

«E si è portato dietro anche il biliardo» aggiunge quello con i baffi gialli. «Eh. È cambiato tutto.»

«Anche le sedie, e in peggio. Ah, la mia schiena!» si lamenta il mingherlino, provando a sedersi.

Guardano fuori, scuotono il capo. Guardano il banco e il papà di Aurora, e continuano a scuoterlo.

Poi il più elegante dei tre, percorrendo nervosamente con il dito la falda del suo cappello, domanda: «Ce li porta tre Biancamari Fulgor?».

Al che, quello coi baffi si mette a ridere. «E perché non un Ferro-Menta Gelsotti, allora? O un Aperitonik?»

«L'Aperitonik!» esclama il mingherlino. «Quant'è che non bevo un Aperitonik... Esiste ancora?»

«Ehm... No, signori. Mi spiace» risponde il signor Chen, dal bancone.

Il vecchio con i baffi si incassa nelle spalle e inarca le sopracciglia con supponenza.

«Figuriamoci» dice, abbastanza ad alta voce perché l'udito raffinato di Aurora lo intercetti. «Che cosa vuoi saperne, tu? Cosa avrai, lì da bere? Acqua del Mar Giallo?»

«No» risponde Liwei, senza scomporsi. «L'Aperitonik non lo producono più da almeno vent'anni» prosegue. «La distilleria ha chiuso. Se non mi sbaglio era la stessa che faceva il Rosolio Millerose.»

Negli occhi dei tre balena un ricordo, ma stanno zitti, mentre quell'incredibile cinese dietro al bancone continua a parlare di vecchi liquori ormai tramontati.

«Anche il Ferro-Menta non esiste più, ma al mio fornitore ne erano rimaste delle scatole in magazzino e...» finisce sfumando il signor Liwei.

E poi, come se niente fosse, tira fuori dal bancone una bottiglia con l'etichetta scura e la scritta *Gelsotti* e ne versa il contenuto dentro tre bicchierini da amaro.

«Ecco qua, signori» conclude, porgendoglieli sopra un piccolo vassoio.

Aurora non sa se essere più divertita dall'espressione stupita dei tre brontoloni o di quella soddisfatta di suo padre. Il signor Liwei in quello è come sua figlia: s'incuriosisce, ricerca, si documenta. E infatti, negli anni, in materia di assortimento di liquori, il Jolli è diventato imbattibile. E il signor Chen ne va fiero.

I tre guardano i bicchierini come se fossero bestie rare, se li girano tra le dita, li sollevano tra le mani un po' malferme e, in un modo o nell'altro, fanno un brindisi ai vecchi tempi. Li vuotano tutti d'un fiato, come un rito, e poi li appoggiano sul tavolo, con un sospiro moltiplicato per tre.

Nemmeno il tempo di godersi quel momento, che il magrolino, con un lamento, indica la televisione.

«Guarda che faccia da...» borbotta.

E Aurora la osserva. È quella del senatore Corvino, Adelmo Corvino, un vecchio politico milanese che da qualche settimana è sempre in tv a promuovere il suo cavolo di libro.

«Sarà meglio che andiamo, adesso» fa quello con i baffi. Poi si alza in piedi per pagare.

Liwei batte nove euro di scontrino e aspetta, paziente, che l'altro frughi un po' nel portafoglio. Dalla sua posizione, Aurora vede che ha un po' di banconote e che le passa sotto i polpastrelli, come per controllarle. Riesce a tirare fuori un dieci euro, lo accarezza un secondo di troppo e lo mette sul banco. Il signor Chen gli dà una moneta di resto.

«Se la tenga, quella» dice, voltandosi. «Le perdo sempre.»

«Tu sì, ma io no, Ernesto!» si affretta ad aggiungere l'elegantone col cappello, mettendosela in tasca. «E grazie per la bevuta» dice, avviandosi verso la porta.

Poi si calca il cappello sugli occhi, esce, tallonato dal magrolino che accenna un saluto, dà un'ultima occhiata al bar e sparisce.

«Ti ha dato soldi falsi?» domanda Aurora a suo papà, appena la porta si chiude.

«No» risponde il signor Liwei, controllando i dieci euro

con la macchinetta. Ma si capisce che anche lui ha notato quanto tempo ci ha messo a trovare la banconota giusta.

Si avvicina alla tendina che vela l'unica vetrina del bar, sbircia la strada, abbozza un sorriso.

«Li conosci?» gli domanda la ragazzina.

«No» risponde il signor Liwei, stringendosi nelle spalle. «Son quei clienti che vengono una volta e poi non li vedi mai più.»

Il signor Chen si sbagliava. Il giorno dopo, alla stessa ora, il vecchietto con i baffi si ripresenta nel locale.

«Buongiorno» dice. «Forse si ricorda di me.»

«Certo, signore» risponde il papà di Aurora. «Cosa posso fare per lei?»

«Ah, ecco... in realtà... non ci siamo nemmeno presentati. Io mi chiamo Ernesto. Sono di qui, nel senso che sono nato nel quartiere. Poi però sono stato via per un bel po'. Anni, intendo. E... be', insomma... è cambiato un bel po', da come me lo ricordavo.»

Niente di sorprendente, pensa Aurora, posando la penna di traverso sui fogli. Gli conta le rughe, come si farebbe con i cerchi nel tronco di un albero. Quanti anni avrà? Cento?

«Io mi chiamo Liwei» si presenta il papà di Aurora.

«Mia moglie e io facciamo vent'anni a Milano, il prossimo settembre.»

E intanto, con mosse da consumato professionista del bancone, il signor Chen sfodera due bicchierini e versa un liquido chiaro da una bottiglia di foggia antiquata.

Quell'altro balbetta qualcosa.

«Ah, no, no. Grazie...» aggiunge a voce più alta, poi guarda i bicchierini, scrolla il capo con fare fatalista, ne prende uno, brinda e lo beve. Gli occhi s'illuminano, come se avesse mandato giù una piccola scarica elettrica.

«Anisetta De Lollis. Anche questa ormai è difficile da trovare» sorride il signor Chen.

«Buona» fa il baffo. «Mi è sempre piaciuto l'anice.»

Il papà di Aurora ritira i bicchierini con sguardo soddisfatto. Ancora una volta, ha indovinato i gusti di un suo cliente. E sa, quindi, che tornerà.

«Ma forse lei mi voleva dire qualcosa, Ernesto?» chiede poi, mescolando bene il rispetto della terza persona con l'intimità del nome proprio.

Il baffo s'infila una mano in tasca. Ha una penna biro.

«Dovrei mettere un annuncio, cioè, prima dovrei scriverlo...»

«Un annuncio?»

«Sto cercando, anzi, stiamo cercando, i miei amici e io...»

Indica fuori, ma in realtà sta indicando il passato, il giorno prima, quegli altri due che erano con lui, lo smilzo e quello col Borsalino.

Il signor Liwei ha capito.

«Abbiamo bisogno di qualcuno che ci aiuti un po' in casa.» E subito si affretta ad aggiungere, visibilmente imbarazzato: «Non tipo badante, non siamo messi *così* male. Ma insomma, un ragazzino che vada a fare la spesa, porti su i sacchetti, siamo al quinto piano, senza ascensore... La paga è buona...» aggiunge il vecchietto, e questa ultima affermazione sembra sfuggirgli dalle labbra, come se non ne fosse poi così sicuro.

Quanto buona?, si domanda infatti Aurora. Sta pensando a tre cose, mentre se lo chiede. La prima, naturalmente, è il prezzo di lancio di Showdown '70. Se la paga fosse davvero buona, forse potrebbe comprarselo senza dover aspettare la pagella di fine anno. La seconda è che il signor Ernesto potrebbe usare uno di quei servizi di spesa online che ti consegna i sacchetti direttamente sullo zerbino (ma allora addio Showdown '70!). E la terza è la signora Frigerio, quella del quarto piano, che non ha mai avuto internet e non vuole saperne di «prenderselo» dice proprio così: *prenderselo*, come se parlasse di un raffreddore. E forse, chissà, il signor Ernesto e i suoi amici sono come lei, di quella roba proprio non ne vogliono sapere. Quindi accettare quel lavoro non significherebbe approfittarsi della loro scarsa dimestichezza con la tecnologia. Semmai assecondare le loro preferenze, pensa infine Aurora. Quindi…

3
Via Bovisasca

Trentadue di via Bovisasca, è scritto sul foglietto che tiene in tasca.

Aurora sospira, un tantino delusa. È un palazzotto anonimo, né alto, né vecchio. Né moderno. Sta incastrato tra un estetista e un panificio, e ha il pannello dei citofoni annerito dallo smog. Deve suonare *Fumagalli*, scala B. Lo fa, posando le borse della spesa. Le aprono al secondo tentativo.

Entra. Non è vero che non c'è l'ascensore. Solo che quello che c'è è rotto. Le scale sono strette, con un passamano di plastica verdolina lucida, simile a uno strato di glassa. Lontanissimo, in alto, sente aprirsi una porta. Aurora s'inerpica. A ogni pianerottolo coglie brandelli di conversazioni che passano attraverso i muri sottili e le porte blindate.

«Eccola qui!» esclama uno dei vecchietti, non appena

Aurora raggiunge il quinto piano. È quello con il Borsalino, ma senza il Borsalino, perché ovviamente non lo indossa in casa. Le usa la cortesia di andarle incontro, alleggerendola delle borse almeno per gli ultimi metri. «Vieni dentro! Bevi qualcosa?»

«Belmondò? Chi ha suonato?» domanda una voce, da dentro casa.

«È la ragazza della spesa!» risponde quello che è appena stato chiamato Belmondò. E le fa strada.

L'appartamento, dentro, è insolitamente vuoto e piuttosto lercio. Ci sono linee scure e chiare sui muri, dove una volta dovevano essere appesi dei quadri. Nel corridoio, un antiquato appendiabiti con quei tre cappotti che Aurora ha visto addosso ai tre vecchietti, al Jolli. Il Borsalino è appoggiato su un vecchio comò, come un pezzo da museo. Accanto al comò sono allineate tre paia di scarpe, sopra un sacchetto di plastica. Il pavimento è alla veneziana, bianco e grigio, ma le fughe tra le piastrelle sono nere di sporco da far paura.

L'aria sa di chiuso e di stantio. La cucina, subito a destra, ha i vetri che paiono di pergamena, tanto hanno bisogno di una lavata. Una lavata VERA. È piccola, antiquata e i fornelli del gas hanno delle manopole gialle che Aurora ha visto soltanto in qualche film. Un tavolo di formica e legno chiaro, uno scolapasta e, nel cassetto mezzo aperto e foderato di carta di giornale ingiallita, un mazzo di posate con i manici di plastica rossi un po' smangiati, il rubinetto che gocciola sconsolato.

A capotavola, ripiegato sulla *Settimana Enigmistica*, c'è lo smilzo, con una lunga matita gialla tra le mani, un coltellino e i riccioli di legno che ha grattato per fare la punta.

«Ah, ciao!» la saluta, quando Aurora entra.

«Lascia pure tutto qui, poi sistemiamo noi» le dice invece Belmondò, aprendo lo sportellino di una credenza per prendere un bicchiere. Aurora li conta, sul ripiano: ne hanno solo quattro. «Va bene l'acqua del sindaco?» le domanda, girando il rubinetto dell'acquaio.

«Va benissimo, grazie» risponde lei.

«L'acqua forse sì, il sindaco non lo so» ridacchia lo smilzo a capotavola.

«Ne vuoi uno anche tu, Renato?»

Renato scuote il capo, perplesso, lo sguardo puntato sul cruciverba. Aurora beve, si segna mentalmente anche quel nome. Renato.

«Sentite un po' qua: la penisola governata dal papà di Amleto.»

«Jutland» dice Aurora, senza pensarci.

Renato la guarda come una marziana. «Come hai detto, scusa?»

«Jutland. Grazie» ripete Aurora, ricevendo il bicchiere. È di vetro pesante, spesso. «Amleto era il figlio del re di Danimarca e la penisola della Danimarca si chiama così.»

Renato controlla il cruciverba, conta le caselle e si sorprende che siano giuste. Ci sta.

«La prima è una *gei*» si sente di suggerirgli Aurora.

«Certo che vi insegnano bene, là in Cina!» annuisce Renato.

«Non saprei» risponde Aurora, dopo aver bevuto un sorso. «Io ci sono stata solo ventidue giorni, in Cina, l'anno scorso, a trovare i miei nonni.»

Renato si ostina a fissare il cruciverba, visibilmente perplesso. Si capisce che vorrebbe dire qualcosa, ma non lo fa.

«Eh già, il mondo non è più quello di una volta...» butta là Belmondò, dopo aver bevuto anche lui un sorso d'acqua. «L'acqua del rubinetto, invece, sì: è sempre grama!»

«Eh, anche la burocrazia italiana è rimasta quella di una volta...» brontola l'ultimo dei tre vecchietti, Ernesto, emergendo dal corridoio con un faldone sottobraccio. Poi si sforza di sorridere ad Aurora.

«La prossima volta ti facciamo comprare qualche bibita, eh?»

Aurora si stringe nelle spalle. «L'acqua del rubinetto va benissimo. Le bibite gassate fanno male.»

Dall'alto del suo cruciverba, Renato solleva la matita, come una bacchetta magica; sembra di nuovo sul punto di parlare, ma poi non apre bocca.

Aurora tira fuori dalle tasche uno scontrino e il resto della banconota ricevuta da Ernesto quando ha ufficialmente accettato il lavoro. Controlla che i conti tornino e appoggia le monete sul piano della cucina.

«Tienile» le dice Ernesto.

«Sono quattro euro e...»

«Pagamento anticipato» insiste il vecchietto, aprendo il faldone e squadernando i fogli sul tavolo. «Scalalo dalla paga della settimana, ok?»

«Va bene. Come volete» risponde Aurora. «Ci vediamo domani. Se devo aggiungere qualcosa, chiamate al bar, ok?»

«Bibite gassate» dice Belmondò, fissando fuori dalla finestra. «Mi piacciono le bibite gassate. Mi mettono allegria: mi sento come se fossi dentro alla pubblicità!»

Pronunciando quell'ultima frase, Belmondò si volta e sorride ad Aurora.

Che ricambia il sorriso, saluta educatamente e poi, passando alle spalle di Ernesto, lancia un'occhiata alle scartoffie che sta compilando. Praticamente le scansiona con lo sguardo.

Comune di Milano. Appartamento intestato al signor Ernesto Fumagalli.

Sul pianerottolo, Aurora si ferma per un attimo e si volta a fissare la porta che si è appena richiusa. Chi sono quei tre vecchietti?, si domanda. E perché ha la sensazione che nascondano qualcosa?

4
Quaranta dì, quaranta nott

«Ti dico che in quell'appartamento non ci mette piede nessuno da vent'anni, minimo» ripete Aurora a Stefano, nel suo ufficio, ossia nella vecchia saletta del biliardo del Bar Jolli. «I cassetti sono foderati con le pagine di giornale... ingiallite!»

«Quale giornale?»

«*La Notte*.»

«Mai sentito.»

«Appunto.»

Aurora guarda lo schermo del computer e legge: «*Quotidiano del pomeriggio edito dal 1952 al 1995, fondato dall'industriale bergamasco Carlo Pesenti e diretto da Nino Nutrizio, fu uno dei giornali milanesi più diffusi tra gli anni '50 e '70...*».

Il resto della pagina Aurora lo scorre con la rotellina del

mouse senza leggerlo a voce alta. Ne afferra i punti salienti mentre Stefano si stropiccia la faccia, dubbioso.

Aurora carica GiddyGoose, il motore di ricerca con gli algoritmi più smart e ad alta protezione della privacy, e digita quel nome nella stringa di ricerca. Ernesto Fumagalli.

«Che cosa fai?»

«Cerco chi è il signor baffi gialli.»

«Scherzi? Non ci sono i vecchi, in internet» protesta Stefano mentre sbuffa, controllando l'orologio.

«Non potremmo fare una partitina a Showdown, prima che mia mamma mi porti dall'oculista?»

«Potremmo» ammette Aurora. Ma non la fa. Fa girare invece la rotellina del mouse sui risultati della ricerca. È da quando è entrata in quell'appartamento in via Bovisasca che ha una sensazione strana su quei tre vecchietti. Qualcosa che la incuriosisce e la stuzzica, anche se non saprebbe dire cosa.

«No, no, no...» borbotta Aurora, mentre scarta un Ernesto Fumagalli che vende vernici nel varesotto, un medico sportivo di Brugherio, un consigliere comunale di Pantigliate... E poi si ferma, in extremis, sull'ultima riga suggerita dal motore di ricerca a pagina uno.

Il clic la porta in un sito amatoriale, orribile, con i colori che fanno a pugni tra loro e il titolo *Quaranta dì, quaranta nott* colpevolmente scritto con il carattere più orribile di tutti: il malefico Comic Sans. Sotto, una gif animata con una pistola che fa PUM!

Al di sotto, il folle curatore della pagina annuncia in modo pomposo di aver raccolto le migliori storie della mala milanese degli anni d'oro. La rapina di via Osoppo, il Solista del Mitra, il «bel René» Vallanzasca, i Marsigliesi, i Piemontesi della Banda Cavallero, i Banditi in Blu…

«Che palle!» esclama Stefano, a cui le lancette dell'orologio sembrano scandire l'avvicinarsi della sua condanna a morte. «Hai finito?»

«No» risponde Aurora.

«Ieri sera mi è venuta un'idea su come contrabbandare whiskey dall'Ontario!»

«Bene.»

«Lancia Showdown e ti faccio vedere. Secondo me c'è da farci un bel mucchio di show-dollars. Bastano dieci minuti.»

«Ok, non so se li hai, dieci minuti, Ste.»

Stefano guarda di nuovo l'orologio «Aaargh! È vero! Uff… Si può sapere cosa ci fai ancora lì?»

«Cerco.»

«Ma…»

«Stai un po' zitto. E leggi qui!»

«Ma guarda che colori! E che font! Il tizio che ha fatto questo sito sì che avrebbe bisogno dell'oculista!»

Aurora sospira e comincia a leggere lei: «*La Banda del Gasometro, attiva tra il 1971 e il 1979, era formata da Ernesto Fumagalli, Renato Ornaghi e Livio Ferrari…* Ah-ah! Renato!».

«Renato cosa?»

«È il nome del vecchietto del cruciverba! Guarda qui.»

«Mi rifiuto. Ho una mia estetica minima di riferimento.»

«*Rapinatori con i guanti, specializzati in preziosi, pellicce e altri oggetti di valore, attivi, oltre che a Milano, a Pavia, Busto Arsizio, Monza, fino alla brutta storia del Banco Ambrosiano che sciolse la banda, il 19 novembre 1979…*»

«La brutta storia del Banco Ambrosiano.» Quelle parole Aurora le rilesse una seconda volta.

«Sai che roba!» sbuffa Stefano. «Qui, di brutta storia, c'è solo quella del mio pomeriggio che è andato a farsi friggere e del whiskey dell'Ontario che qualche altro giocatore ci starà già soffiando!» conclude la frase con un gemito, quando si accorge che qualcuno sta entrando nel bar. Ma poi sospira, non appena capisce che non è sua mamma. Ora più che mai deciso a vendere cara la pelle del suo tempo libero, Stefano si siede accanto ad Aurora e prova a darle retta. Se fanno in fretta potrebbe ancora riuscire a strappare qualche minuto di gioco!

«Ok, è una banca» dice.

«Eh?»

«Il Banco Ambrosiano, è una banca.»

«Sì.»

«Clicca sotto. No. Lì.»

Le dita della ragazzina corrono veloci, la rotellina del mouse gira come la ruota di un criceto, le pagine sfarfallano rapide sullo schermo.

Stefano nota che Aurora si è appena schiantata contro lo schienale della sedia e ha sgranato gli occhi. Capisce di dover tornare a osservare lo schermo. Vede che la sua amica è entrata in un archivio di giornali e ha trovato qualcosa che l'ha colpita. E molto.

«Non ci credo!» esclama.

«Già» concorda Stefano, sistemandosi gli occhiali che di sicuro l'ottico gli farà cambiare. «Mia mamma è in ritardo di due minuti!»

Sullo schermo del portatile ora campeggia la giallastra scansione di un articolo del *Corriere della Sera*, datato 22 novembre 1979. *Delitto del Banco Ambrosiano: arrestata la Banda del Gasometro*, recita il titolo.

Aurora zooma sulla fotografia, sgranata, e la osserva con grande attenzione. I suoi occhi restano spalancati e anche le labbra si dischiudono leggermente.

Renato Ornaghi è irriconoscibile, Ernesto Fumagalli così così, ma ha gli stessi baffi di adesso, in versione scura. Belmondò, poi, non lascia dubbi: sta addirittura sorridendo, con un sorriso identico a quello che le ha fatto quando parlava delle bibite gassate.

«Ti dicevo di questo appartamento, no? Adesso capisci...»

«Cosa c'è da capire, Auro?»

Stefano sbuffa, ma non ha mai visto Aurora così. Che ci sia davvero qualcosa d'interessante in quell'assurda faccenda di appartamenti, vecchietti e giornali ingialliti?, si chiede.

Ma ecco che, con tempismo tanto perfetto quanto crudele, sua madre spalanca la porta del Bar Jolli e lì rimane, nel suo lungo piumino nero, come la Morte in un film di Ingmar Bergman.

Stefano si raggela sulla sedia ma, chissà perché, non dice una parola, coltivando l'assurda speranza che sua mamma non riesca a trovarlo.

«Ti rendi conto? Pensavo semplicemente di aiutare tre vecchietti con la spesa... e invece ho appena scoperto che quei vecchietti sono... dei pericolosi criminali!»

«STEEEFANO?» lo chiama la mamma dalla porta d'ingresso del bar. «Dobbiamo andaaare!»

E lui, rassegnato, si alza. Verrà il giorno, rimugina, in cui mamma non avrà più il controllo totale sulla mia vita, su quello che mi metto, e su quanto sudo…

Verrà. Ma di sicuro non oggi.

«E quindi?» domanda, infagottandosi nel giubbotto.

Guarda la foto sgranata sul computer. Piuttosto di andare dall'oculista, starebbe tutto il pomeriggio a colorarla con Photoshop.

Aurora se ne accorge: ha visto quel piccolo brillio di ribellione che ogni tanto balugina negli occhi ansiosi del suo amico. Vorrebbe trattenerlo, rapirlo, chiedere a suo padre di chiudere la signora Lancini fuori dalla porta, ma sa bene che non può.

E comunque, tutto sommato, è abbastanza probabile che Stefano torni vivo dalla spedizione dall'oculista.

«Pensi che dovrei dirlo ai miei?» gli domanda.

Lui si avvia fuori dall'ufficio camminando all'indietro, come se fosse stato morso da uno zombie di *The Walking Dead*. «Dei vecchietti, intendi?» sussurra. Il problema è che Stefano a quella faccenda non è che ci abbia fatto davvero attenzione. Stava pensando al whiskey dell'Ontario, lui.

«Non so. Forse no…» bofonchia.

In ogni caso è troppo tardi. La madre lo abbranca, gli chiede dove ha messo la sciarpa, gliene attorciglia al collo un'altra di scorta che si è portata da casa, e saluta i Chen. Mamma e figlio se ne vanno a passo svelto e l'ultima immagine che Aurora ha di Ste è quella della sua testa, oltre la vetrina del bar, inghiottita da un gigantesco berretto di lana blu.

5
19 novembre 1979

Quando Aurora Chen sta pensando *davvero* a qualcosa, è come se i suoi pensieri venissero proiettati sul soffitto. Le capita spesso. Ha letto che le grandi menti hanno grandi manie, tipo che riescono a pensare solo sotto la doccia, o suonando il violino, oppure camminando furiosamente con un cane al guinzaglio. Lei, invece, pensa da sdraiata, con la schiena dritta, le braccia distese, i piedi scalzi, leggermente divaricati.

A volte, quando avanza nel treno dei suoi pensieri ed è sicura che nessuno dei fratellini la stia vedendo, da sdraiata fa anche la stella, o l'angelo di neve. Apre e chiude le braccia, e i pensieri sembrano andare più veloci. Nel frattempo, tutto è come scritto sul soffitto: parole, frasi, numeri, date. Galleggiano come nei film di fantascienza, spostandosi nel rettangolo bianco del soffitto fino a quando non trovano la loro giusta posizione. E funziona anche al buio; anzi, forse al buio funziona meglio, perché non ci sono distrazioni.

E così, quella sera, al buio, finita la cena, messi a letto i fratellini, tutti (o quasi) con i denti lavati, Aurora sistema i pezzi del puzzle di quella giornata. Il più grande è proprio il colpo al Banco Ambrosiano di piazza Velasca del 19 novembre 1979. Un edificio brutto, sgraziato, grigio, con queste quattro colonne troppo grosse in troppo poco spazio, che sembrano più una gabbia che un porticato, le lettere grandi e luminose sulla facciata.

La successione dei fatti: la Banda del Gasometro si era introdotta nella banca dopo la chiusura, quando non avrebbe dovuto esserci più nessuno, e già assaporava l'idea di aver messo a segno un altro dei suoi storici colpi. Il giornalista li descriveva come furti e rapine «senza tracce né testimoni». Poi Aurora sposta leggermente il capo e inquadra un angolo di soffitto in cui è scritto un nome: «dottor Giulio Migliorini». Il direttore della banca, fermatosi in ufficio oltre il normale orario, per un non meglio precisato contrattempo.

Brivido. Perché nei piani della Banda del Gasometro c'era quello di introdursi nel caveau, prelevare una parure di diamanti e dileguarsi in pochi minuti. E invece vengono sorpresi da Migliorini, scatta l'allarme e per il povero direttore non c'è niente da fare. I tre vengono catturati, processati per direttissima per omicidio preterintenzionale, come conseguenza di rapina a mano armata, e tutte le rapine precedenti vengono loro addossate come aggravanti della pena. Risultato: sei ergastoli (due a testa) che diventano un mucchio di anni di galera, anche con la buona condotta. Quindi quei tre innocui vecchietti, in realtà, sarebbero... tre assassini?

Aurora fa la stella, poi ricomincia a pensare.

Non sa perché, e non è che ne abbia mai visto uno in carne e ossa, ma fatica a immaginare quei tre come assassini. Ladri, magari sì. Ma di quei ladri gentili e silenziosi, quasi simpatici, che sfidano poliziotti e casseforti, fuggono sui tetti, spariscono nella notte.

Aurora sospira. Anche a quel tipo di ladri, però, le cose possono andare storte. Stortissime, anzi. Tipo che ci scappa il morto. Come quel povero dottor Migliorini.

Ecco allora che non c'è più niente di romanzesco o di simpatico. Perché nessuno si merita di finire ammazzato per una rapina mentre è al lavoro.

A questo punto Aurora muove le immagini mentali che ha dei tre vecchietti, e le mette in un angolo del soffitto. Poi li fa parlare, anzi, fa parlare più che altro Ernesto, che nella fotografia del 1979 è al centro della foto, come se fosse stato un po' la mente della banda, e gli fa ripetere le parole pronunciate dal loro avvocato in tribunale, parole che Aurora aveva trovato in uno degli articoli dell'archivio online: «*Ammettiamo il furto, ma neghiamo qualsiasi responsabilità nell'omicidio del dottor Migliorini*».

Che cosa significava «negare qualsiasi responsabilità»? Una persona o la si uccide o non la si uccide. In un caso si è responsabili, nell'altro no. Come si poteva non essere responsabili, se il dottor Migliorini era morto durante la rapina del maledetto 19 novembre 1979?

Le braccia di Aurora si fermano. Un piccolo cancellino invisibile spazza via tutto dal soffitto. Tutto tranne un pensiero: possibile che *quei tre* siano degli assassini?

6
Renato preme il grilletto

Su una cosa Stefano tutto sommato non si sbagliava, e cioè che in internet i vecchi non ci sono. Quello che Aurora ha scoperto il giorno prima è all'incirca tutto ciò che si può trovare. Punto. A poco serve un'altra furiosa navigazione nell'ora di informatica, a scuola, facendo finta di seguire la lezione della professoressa Castagna. E con tutti i dubbi che le sono rimasti, col cavolo che sta alla larga dai vecchietti. Stefano lo capisce da come la sua amica sceglie l'itinerario numero uno anche se non è né lunedì né giovedì. Ma solo perché è il più breve.

«Hai la testa su quella storia dei vecchietti, eh?» le domanda.

«Sì.»

«Ma non farai una brutta fine, vero?»

«Sono solo curiosa, Ste.»

Anche lui lo è. Sta quasi per offrirle il suo aiuto, ma non saprebbe cosa dire, a casa. Ciao mamma, vado con Aurora a fare la spesa per tre vecchietti che hanno ucciso un direttore di banca mentre facevano una rapina. Ma *forse* non volevano.

Di sicuro non avrebbe il permesso.

«Farai attenzione, vero?»

«Sì.»

«E se succede qualcosa mi chiami?»

Aurora lo fissa. Qualcosa nella sua espressione vorrebbe dire: «E se ti chiamo, tu, esattamente, cosa fai?».

Ma le sembra crudele. E poi, lei, su Stefano ci conta davvero.

«Certo che ti chiamo.»

Stefano lo incassa come una specie di complimento. «Ok. Allora ci vediamo dopo in ufficio. Magari ci facciamo anche una partitina. E mi racconti.»

Lei alza il pollice e i due si dividono.

Una volta a casa, Aurora si sforza di fare le solite cose, con la solita regolarità, ma non è che funzioni granché. Quando è agitata, si distrae: chiude la porta con troppa forza, oppure troppo poca. Non centra la poltrona con la cartella, incoccia in un fratellino, roba del genere. Però né sua mamma né suo papà le fanno domande e così, alle tre e tredici spaccate, è già sul pianerottolo del quarto piano del numero trentadue di via Bovisasca. Non ha dovuto suonare il campanello, perché, un attimo prima di farlo, dal portone è uscita una signora con due cagnetti abbaianti e lei si è infilata nel palazzo ringraziando.

Una volta dentro, sale le scale ed esita un po', prima di bussare alla porta di Ernesto e dei suoi compari. È strano, pensa, come cambia il nostro modo di vedere gli altri, quando ne sappiamo un po' di più su di loro, su chi potrebbero essere e cosa potrebbero fare o non fare. Per esempio, all'improvviso, tre innocui vecchietti sembrano persone completamente diverse da come le avevamo pensate.

Tipo che stringevano in mano dei *ferri.* È così che si chiamavano le pistole. Roba americana, o residuati della Seconda guerra mondiale, come le pistole Luger. In un pomeriggio e mezzo di letture sulla malavita di Milano, Aurora si è già fatta una certa cultura. Ha anche imparato una parola nuova: *ligéra.* Vale a dire ladruncolo, piccolo criminale, tutto sommato un buono a nulla, un perditempo. Sono solo tre ligére molto sfortunate, quelle che stanno parlando tra loro nell'appartamento del signor Fumagalli? O sono tre criminali senza scrupoli? Se solo riuscisse a sentire cosa si dicono… Ma le arriva appena qualche sillaba qua e là, suoni confusi. Aurora resta comunque per un bel pezzo là impalata, e ci rimarrebbe ancora, se a un certo punto non si aprisse la porta dirimpetto, sullo stesso pianerottolo.

Allora bussa, un po' imbarazzata, e Belmondò le apre.

Si chiama Livio, pensa Aurora, mentre gli sorride. Ma non può fargli sapere che l'ha letto sul giornale.

«Ciao! Le hai portate le bibite?»

Aurora ha preso quattro chinotti di quelli da intenditori, con estratto di vero chinotto ligure. Ma quando gli passa una delle due borse e Belmondò tira fuori la confezione sobria ed elegante, sembra un po' deluso. Probabilmente sperava in qualche vecchia marca che non esiste più.

«Vi aiuto» si offre Aurora, infilandosi in cucina. Appoggia sul piano dei fornelli la seconda borsa e Belmondò si risiede al tavolo dove i tre stavano parlando. Si sono interrotti quando l'hanno sentita bussare, ma non appena lei si mette a sistemare la spesa, riprendono come se niente fosse. A quanto pare, l'argomento è un certo ristorante.

«I dolci comunque erano buoni» fa Belmondò.

«Niente da dire» approva Ernesto.

«Bah» chiosa Renato.

La finestra è socchiusa, le tende tirate spandono una luce dorata, bella ma anche un po' tetra, sulla loro conversazione.

«Io non lo so...» riattacca Renato. «Tutti quei giovanotti con la barbetta a punta, che sembravano mio nonno Osvaldo buonanima! Quello che aveva il barcone alla Martesana!»

Gli altri due ridacchiano.

«Eh, anche quelli che mangiavano erano tutti giovani.»

«E i maschi avevano quasi tutti la barba!»

«Sarà. Comunque… stufatino coi peperoni a 14 euri! Robe da matti!» rincara Renato. «Ma vi ricordate dalla Marisa, laggiù in viale Jenner? Menù fisso tremila lire. Quello sì che era stufato! E passava col pentolone a dartene ancora…»

«E non solo… dalla Marisa si stava tranquilli, non come lì, che ti controllano anche se vai al cesso…»

«I tempi son cambiati.»

«Sicuro! Adesso basta andare al ristorante, per farti rapinare!»

Mentre Aurora tira fuori una bottiglia di salsa di pomodoro, una confezione di tonno scivola fuori dal sacchetto e rotola per tutta la lunghezza del piano della cucina finendo a terra. Le è scappata quando ha sentito la parola *rapinare*, vorrebbe acchiapparla ma Ernesto la raccoglie per lei e la posa sul tavolo.

«Grazie» fa Aurora. E intanto lo fissa, dritto negli occhi. Le rughe, le palpebre affaticate, il respiro difficile di Renato in sottofondo. Capisce di essere rimasta imbambolata. E quindi gli chiede: «Posso andare un attimo in bagno?».

«Ma certo!» le risponde Belmondò. Le indica la porta accanto a quella della cucina, stesso lato del corridoio, col vetro smerigliato. Senza pensarci, Aurora esce dalla stanza con la bottiglia di salsa ancora in mano. I tre non sembrano nemmeno accorgersene. Stanno zitti fino a che lei apre e poi richiude la porta smerigliata, che fa un rumore tremendo, come se ci fosse qualcosa incastrato sotto.

«Non far caso al disordine!» le grida allora Belmondò.

Aurora guarda la salsa, si dà dell'idiota per essersela portata in bagno, poi scruta se stessa allo specchio. È nervosa, inutile negarlo. E non ci è abituata.

Infila l'altra mano in tasca, ed ecco il cellulare. Pensa per un attimo a Stefano, poi, attraverso la porta socchiusa, le arriva di nuovo la voce di Belmondò. Una parolaccia colossale, seguita dalle risate di tutti e tre.

Anche Aurora sorride. A Stefano ha promesso di chiamarlo se succedeva qualcosa, ma non è così. È tutto tranquillo.

«Comunque ci siamo dovuti andare in tre, per capirci qualcosa» fa Renato.

«Ma alla fine ci siamo riusciti» replica Belmondò.

«Ci *sono* riuscito» puntualizza Ernesto.

Belmondò allarga le braccia.

«Lo sai che non ho una memoria buona come la tua. E stiamo parlando di quarant'anni fa.»

«Io dico che la prossima volta che ci torniamo...» abbozza Ernesto.

«Volete tornare?» tuona Renato. «Con quei prezzi?»

Aurora, nel silenzio che segue, capisce che non può restare ancora a lungo nel bagno. Così tira l'acqua, tanto per far capire che è viva e vegeta, ma lo sciacquone fa un rombo da idrovolante, che copre le voci dei tre. Allora esce rapidamente, in punta di piedi fa i tre passi che la dividono dalla cucina e, invece di entrare, resta lì ad ascoltare.

È ancora Ernesto che parla: «Quell'angolo dove Michelin aveva fatto tirare su il muro è rimasto uguale. Han solo dato la tinta».

«A me sembra impossibile» replica Renato, quasi grugnendo.

«Ma sì, ti dico!» insiste Ernesto. «È come se nella mia testa avessi una fotografia di quando l'abbiamo nascosta!»

Nascosta?, si ripete Aurora Chen. E nel farlo sussulta, si protende per sentire meglio, ma perde l'equilibrio sbattendo la spalla contro l'anta della porta aperta.

Fa in tempo a vedere lo scatto dei tre che si voltano verso di lei e capisce che si è fatta beccare a origliare. Il cuore le parte a mille, se lo sente saltare su fino alla gola mentre Renato, nella luce lattiginosa della cucina, afferra qualcosa di metallico.

Un ferro. Una pistola.

La testa di Aurora va definitivamente fuori giri. Lancia un grido e molla la bottiglia di salsa, che fa una giravolta, cade a terra ed esplode.

Aurora la guarda, e vede una grande macchia rossa di sangue che si spande sul pavimento.

«Addio sugo di pomodoro!» fa invece Belmondò.

Dalla tavola, Renato preme il grilletto, e il farmaco per l'asma gli spruzza in gola un po' di fresco.

7
Incastrati

Renato, il brontolone asmatico della banda, la guarda ancora una volta come se fosse una marziana. La bottiglia di salsa schiantata a terra, la grande macchia sul pavimento. Non c'è niente da aggiungere: con una simile entrata in scena, anche gli altri due hanno gli occhi strabuzzati. Solo Belmondò se la ride.

«Signorina, devi stare attenta, che qui siam gente dall'infarto facile!»

Non parla come uno arrabbiato. Quei tre non si sono per niente accorti che stava origliando. Era tutto dentro la sua testa. Che stupida, pensa Aurora.

«Scusatemi! Scusatemi tanto!» dice. «Pulisco e torno giù a ricomprarla, ok? Ditemi solo dove sono gli strofinacci e sistemo in un attimo! Ci vorrà un secondo.»

Ernesto, gentile, la aiuta. Tira fuori uno straccio da sotto il lavandino. Sembra anche l'unico dei tre che sappia dove li tengono e glielo porge. Poi, con una certa fatica, si china a raccogliere i cocci. In breve, l'incidente sembra superato. Finiscono di pulire, la schiena di Ernesto scricchiola come un ponte pericolante, ma lui non si lamenta: strofina via il pomodoro fino a quando non ce n'è più nemmeno una traccia e a quel punto Aurora decide di buttarsi. Come fa certe volte quando gioca a Showdown. Decisioni improvvise che la scuotono con una frustata di adrenalina.

«Le posso chiedere una cosa, signor Ernesto?»

«Ma certo.»

«Voi... siete la Banda del Gasometro?»

La domanda di Aurora è semplice e diretta: esplode in mezzo alla cucina come la bottiglia di poco prima e fa sgranare gli occhi ai tre vecchietti.

«Ossignur, siam già finiti nei libri di storia?!» sbotta poi Ernesto, indicando a Belmondò lo sportello della pattumiera, perché lo apra.

«No, ma in internet sì» risponde Aurora, mordicchiandosi appena il labbro.

«Ah già, che adesso c'è quell'internet lì dove si trova tutto» dice Renato. «Bella fregatura. Mia figlia aveva provato a spiegarmelo, ma io... già faccio fatica a trovare il suo numero...»

Belmondò non ride più. Apre la finestra e guarda fuori,

come se volesse essere da un'altra parte. Il cielo, i tetti del palazzo di fronte punteggiati di parabole. E ha un'intuizione delle sue.

«Renato? Il televisore!» esclama, con una certa urgenza.

«Che cos'ha il televisore?»

«Non va! Non si prende più niente!»

«Ah già. È quella roba di cui parlava quel ragazzotto, giù all'edicola... Il dirigibile terrestre o com'è che si chiama.»

«Il *digitale* terrestre. Se volete posso sistemarvelo io» dice subito Aurora. Ha intravisto il televisore, è un Mivar preistorico grosso come uno scatolone.

«No, grazie. Dobbiamo andare a prendere quel baracchino lì al negozio qui sotto» risponde Belmondò, come se Aurora non avesse mai fatto *quella domanda.*

Renato lo guarda, corrucciato. «Abbiamo fretta?»

Belmondò attraversa la cucina sfiorando sia Renato sia Aurora e si mette il Borsalino in testa. «Ce l'ha detto quello del negozio: venite oggi pomeriggio appena riapro, che c'è sempre poca gente.»

«Sì, ma apre tra mezz'ora» fa notare Renato.

«Il tempo che ci impieghi a scendere le scale. Andiamo, su.»

Aurora si mette sulle punte, imbarazzata, e sta per seguirlo, ma poi capisce.

«Ti andrebbe un chinotto?» le domanda Ernesto.

Al che, Renato capitola. Senza dire una parola, si alza dalla tavola, si infila le scarpe, il cappottone, e segue Belmondò giù dalle scale.

Aurora accetta la bibita, ma preferisce stare in piedi. Ernesto chiude la finestra, si versa l'altra metà del chinotto nel bicchiere, se lo appoggia davanti e lo gira un paio di volte tra le mani, prima di attaccare discorso.

«Guarda» le dice. «Non sono sicuro che gli altri siano d'accordo su quello che sto per raccontarti. Ma sai una cosa? Me ne infischio.»

E beve un sorso.

Aurora fa altrettanto, ma riesce solo a inumidirsi le labbra.

«Ti vuoi sedere?»

«Preferirei di no, grazie.»

«E io invece preferirei di sì. Quando si parla di cose importanti, si sta seduti. Non siamo al bar. Con tutto il rispetto.»

Aurora sposta la sedia e si siede. E in effetti, pensa, anche lei ha sempre detto le cose serie da seduta.

Ernesto fa un gran respiro. E poi attacca.

«Il fatto è, vedi, che ho una gran voglia di parlare. Sono stato zitto per così tanti anni… e non perché dovessi stare zitto. Ma perché non mi interessava. Per parlare ci vuole la compagnia giusta, dico bene?»

«Credo di sì.»

Ernesto finisce il chinotto.

«Sei una bambinetta sveglia. Anche se…»

Non finisce la frase, ma Aurora lo capisce lo stesso: anche se sei cinese, vorrebbe dire Ernesto.

«Ma questo non c'entra proprio niente» dice, invece. «Senti, sono sicuro che hai letto delle robe brutte su quell'internet lì… È così?»

«Sì, abbastanza brutte.»

Lui fa una smorfia.

«Sono tutte bugie. Noi rubavamo, non ammazzavamo, non sparavamo, niente! Avevamo dei ferri, sì. Ma facevano parte del personaggio, come le spade a teatro. I nostri colpi erano roba pulita. Non abbiamo mai torto un capello a nessuno.»

Adesso tocca ad Aurora fare un bel respiro.

«E… quel direttore di banca?»

«Ah!» Ernesto fissa lo sguardo sulle sue dita, le unghie rotte, le mani forti. «Ci hanno incastrati, Aurora!»

«Incastrati? In che senso?»

«Fregati, presi in trappola, ingannati.»

«Lo so cosa significa incastrati. Ma… come?»

«Eh, son quarant'anni che me lo chiedo.»

«Quindi…»

«Quindi no. Quel poveretto non lo abbiam fatto fuori noi del Gasometro.»

«Ma allora...»

«È un mistero, Aurora. Quel che abbiamo fatto noi, quella sera, è stata una cosa pulita pulita, un bello scasso al Banco Ambrosiano di piazza Velasca. Eravamo bravini, all'epoca. Belmondò c'aveva delle manine di fata: non c'era una *marmota* che restasse chiusa con lui.»

«Una che?»

«Una *marmota*. Una cassaforte. Comunque, tu credi davvero che se avessimo visto una luce accesa nell'ufficio del direttore saremmo entrati? Potevamo essere così cretini? Non c'era nessuno. Non un'anima viva. Esattamente come avevo previsto...»

Ernesto indugia alcuni secondi.

«E sì, certo, la dritta l'avevo avuta io, tanto vale dirti le cose come stanno. Vedi, avevamo un nostro modo di operare, uno stile, una firma. Facevamo cose pulite, senza spaventare nessuno, senza esplosioni, poco casino: miravamo ai granosi, e ce la filavamo via. Granoso lo capisci?»

«Uno che ha il grano?»

«Brava ragazzina. Esatto: piccole banche, negozi granosi per clienti granosi, ville che lasciavamo belle e ordinate come le avevamo trovate, solo con qualche *bria* e *briciolin* in meno.»

«Lei si sta divertendo a usare parole strane, signor Ernesto» gli fa notare Aurora.

«Non mi diverto per niente» le risponde Ernesto. «Anelli e collane. A volte pellicce. Valigie piene di cinquantamila lire. Ecco cosa rubavamo. E quella sera andò allo stesso modo. Cercavamo una parure di diamanti che sapevo sarebbe passata di lì quella settimana. E infatti c'era! Renato di guardia alla porta, Belmondò a carezzare la cassetta di sicurezza, io che gli passo gli attrezzi e controllo il tempo e l'Ortiga fuori, con il motore della Fiat acceso. Siamo rimasti all'Ambrosiano non più di otto minuti e ce la siamo filata facendoci i complimenti a vicenda. Credevamo che fosse andato tutto bene. E invece...»

Ernesto fa un sospiro. Lunghissimo.

«Il giorno dopo abbiamo letto sul giornale che avevano, anzi che *avevamo* sparato al direttore della banca! Robe da matti! Ma chi lo aveva visto, il direttore?»

Aurora spalanca la bocca per la sorpresa.

«Eppure è cominciata a saltar fuori gente che ci accusava, che ci aveva visti, che aveva sentito gli spari. E la sera qualche lenza aveva cantato e la Madama aveva perquisito il nostro covo, e ci aveva trovato le armi incriminate...»

La polizia, capisce Aurora (tutto merito di quel sito inguardabile trovato giorni prima!). È lei la Madama nel gergo dei criminali, la mamma che sgrida e che punisce.

«Così ci ha preso il panico. Abbiamo nascosto la collana,

l'Ortiga si è preso più paura di tutti e se l'è data a gambe, è sparito dalla circolazione... E ha fatto bene, perché a noi tre che siam stati lì a cincischiare, invece, ci hanno acciuffati e incastrati.»

«Che fregatura.»

«Puoi dirlo forte: una fregatura lunga quarant'anni.»

Aurora aspetta un po', a parlare. Le sembra che Ernesto abbia detto le cose come stanno. Che il racconto fosse sincero, senza fronzoli. Ha ammesso di essere chi è senza stare tanto a pensarci. E Aurora adesso è del tutto tranquilla, come se avesse in mano i controller di Showdown e sapesse esattamente cosa fare per non morire. Ha per la testa almeno quindici domande che vorrebbe fargli. Tipo chi è l'Ortiga. Tipo perché li chiamavano la Banda del Gasometro. O anche che cosa diavolo è, un gasometro. Ma, di tutte le domande, una le sembra più importante delle altre.

E quindi la fa.

«E dov'è che l'avete nascosta, questa collana?»

Ernesto la guarda. E in quegli occhi così amareggiati galleggia una punta di ammirazione. Gli tinge tutto lo sguardo come un pizzico di zafferano fa con il risotto.

«Di' un po', lo sai mantenere un segreto?» le domanda.

8
Una ciofeca

«Pazza, folle, matta, mentecatta, demente, alienata, insana, squilibrata e... sconsiderata» snocciola Stefano, in apnea, mentre escono dalla biblioteca, dove ha appena fatto buon uso del dizionario dei sinonimi e dei contrari.

«Hai dimenticato: forsennata, stolta, farneticante e irragionevole» aggiunge Aurora, godendosi il sole.

«Matta come un cavallo! Ecco cosa sei!» E lo dice a voce talmente alta che un paio di ragazzi si girano a guardarlo.

«Se continui ancora un po', penseranno che sei innamorato di me» ridacchia Aurora.

Stefano si imporpora. «Che co-cosa c'entra?»

«Sembriamo due che stanno insieme e che litigano» fa notare Aurora. E l'idea, non appena si fa strada nella testa di Stefano, è sufficiente a zittirlo.

«Non stiamo litigando» sussurra poi, mentre scendono i gradini. «Stiamo… parlando. Anzi, io stavo parlando, mentre tu hai cominciato a straparlare.»

«A proposito, l'oculista ci è andato giù pesante, eh?»

Stefano si sistema velocemente gli occhiali sul naso.

«Niente di che» dice. Ma è contento che lei si sia accorta dei suoi occhiali nuovi. Anche se francamente è difficile non accorgersene, dato che sono rossi e con le lenti due volte più spesse di quelle che aveva prima. «E, soprattutto, non cambiare discorso.»

«Non sto cambiando discorso.»

«Stavamo parlando di quei tre assassini…»

Stefano ha di nuovo alzato la voce per l'enfasi, e la abbassa non appena se ne accorge.

«Erano quattro» lo corregge Aurora. «Ma uno è scappato prima che lo prendessero. A proposito, lo sai perché si chiamano così? Perché dalla finestra di casa di Ernesto si vedevano i gasometri della Goccia, che…»

«Molto, molto interessante» la interrompe acidamente Stefano, mentre camminano lungo il vialetto. «E, dimmi, ti hanno anche raccontato come si fa a sventrare una cassaforte?»

«No.»

«E come si fa a sparare, no?»

«Nemmeno.»

Stefano solleva le braccia al cielo, poi le lascia scivolare lungo i fianchi, svuotato. «Aurora! Non stiamo giocando a Showdown! Quelli sono veri, l'hanno fatto davvero! E adesso... adesso... mi stai dicendo che dobbiamo andare a fare un...»

«Sopralluogo, esatto.»

«UN SOPRALLUOGO!» sbraita lui, scuotendo la testa.

Aurora controlla la strada, l'ora, manda un messaggino a casa e, mentre il tram numero 2 si avvicina alla fermata, puntualizza: «Ok. Ma usiamo le parole nel modo giusto. Io non ti ho detto di fare proprio niente. Te l'ho *chiesto*. E c'è una bella differenza. Ora ho capito perfettamente la tua risposta e quindi bene, amici come prima, in via della Pergola ci vado da sola. Ciaaaao!».

Ma Stefano la tallona e salta sul tram subito dietro di lei. Le sbuffa qualcosa sul collo che Aurora nemmeno ascolta, sgomita per recuperare l'abbonamento da una delle mille tasche del suo zainetto, e poi si piazza in piedi davanti all'amica. «Guarda che io non ti ho mai detto che non intendo venire, se vuoi fare tanto la precisina» le fa notare.

E Aurora è costretta a mordersi la lingua, per non ridere soddisfatta. Sa perfettamente quanto lui sia curioso, e sa che la curiosità è più forte di ogni ansia, miopia e allergia che sua madre gli ha inculcato.

«Quindi stai venendo con me?»

«Ti sto solo accompagnando» precisa lui.

Il tram sferraglia e oscilla, le persone salgono e scendono, il sole entra caldo attraverso i finestrini e l'idea di quanto stanno andando a fare è così elettrizzante che Milano sembra il posto più bello del mondo.

Quando smontano, gli zaini in spalla e l'espressione normalmente svagata di due normali ragazzi che stanno tornando a casa dopo aver fatto i compiti in biblioteca, Aurora e Stefano riprendono a discutere esattamente da dove si erano interrotti.

«Quindi, ricapitoliamo: stiamo per diventare complici di una banda di vecchietti sanguinari?»

«Vecchietti in pantofole, semmai» sbuffa Aurora.

«Ok. La Banda della Pantofola Assassina, allora.»

«Uff, te l'ho detto che non hanno ucciso nessuno!»

«Dillo anche al giudice, e agli avvocati: hanno fatto quarant'anni di carcere!»

«Li hanno incastrati, lo vuoi capire?»

«E tu ci credi?»

«Sì che ci credo. Ragiona: non avevano santi in paradiso, come dice sempre la professoressa Stramaccini, erano solo un gruppo di ladri un po' avventurosi. Quattro zanzibar! Quattro carbonisti.»

«Ma come parli? Zanzibar? Carbonisti? Che significa?»

«Ladri d'appartamento, nello slang della mala.»

«Ecco, ora parli pure come loro!» sbotta Stefano, e poi riparte. «Tu sei diventata completamente pazza, folle, incosciente...»

E giù di nuovo con tutti quanti i sinonimi da poco pescati nel dizionario. E con altrettanta pazienza, Aurora lo lascia finire e aggiunge il paio che di solito si scorda.

«Sarà, ma io gli credo. E se gli credo io, tu non puoi credere a me?»

«Sì che credo a te, e infatti guarda dove sono!»

«Al sole, in un parchetto. E non hai nemmeno il berrettone.»

Stefano si tasta automaticamente la testa e poi, non appena capisce che Aurora l'ha preso in giro, bofonchia: «E comunque i vecchietti restano dei criminali».

«Anche qui ti sbagli, Ste: il loro conto con la giustizia lo hanno pagato. Pagato, saldato, chiuso, estinto, terminato...»

Aurora il dizionario dei sinonimi non lo aveva guardato, ma lei con le parole, si è capito, ci sa fare.

Stefano si arrende e cammina a passo sostenuto insieme ad Aurora in via della Pergola. La strada è anonima, non molto larga. E al numero 22, dove si fermano, c'è il ristorante *L'officina del Michelin* che, essendo pomeriggio, è ancora chiuso.

«E questo ristorante che accidenti c'entra?» domanda Stefano, quando capisce che è proprio lì che sono diretti. Ma qualcosa non gli torna. «È questo il posto? Ma non mi hai detto che era un meccanico?»

«Una volta» dice Aurora, guardandosi bene intorno. Le due fioriere con gli oleandri, il vasetto di sabbia per le sigarette, la serranda abbassata, tre vetrine, il marciapiede bucherellato dai cavalletti dei motorini.

«Era l'officina di un certo Michele, Michelin per gli amici, e loro amici lo erano davvero.»

Stefano incrocia le braccia, domandandosi se dovrebbe invece prendere appunti, come il dottor Watson.

«E quando le cose hanno cominciato a farsi complicate, è stato Michelin a coprirli. Stava facendo dei lavori nel seminterrato, e loro ne hanno approfittato per nascondere la parure che avevano rubato al Banco Ambrosiano.»

«Nascosta?»

«Sì, murata.»

«Wow. Sembra una di quelle cose da film horror.»

Aurora guarda l'insegna, controlla il menù. Lo spezzatino in effetti è a 14 euro.

«Ste?»

«Cosa?»

«Tu lo sai, vero, cos'è una parure?»

Stefano esita quel tanto da farle capire che non ne ha la più pallida idea, ma che alla prima occasione digiterà la parola in internet e…

«Perché me lo chiedi?»

«Hai detto che ti sembrava da film horror. Come se fosse una cosa viva.»

«Be', certo che no. Una parure… è… è una…»

«E quell'antifurto, invece, di che tipo è?» taglia corto Aurora, indicandogli lo scatolino lampeggiante accanto al cancello che porta sul retro del locale.

Stuzzicato sull'inspiegabile passione di famiglia, Stefano si riprende subito: «È un Securtec 80. Vecchio di quindici anni. Un po' una ciofeca, onestamente».

«Quanto, una ciofeca?»

«Ma perché me lo chiedi, scusa?»

Aurora Chen sorride. A ognuno il suo. Stefano non saprà distinguere una parure da una parrucca, ma per gli apparecchi di sicurezza è più affidabile di Frate Indovino.

9
Come in un vecchio poliziesco

Aurora, nei giorni seguenti alla visita all'Officina di Michelin, torna spesso a casa con pensieri sempre più complessi su ciò che è legale e ciò che non lo è, giusto e sbagliato, rischioso e vigliacco, e li sistema nel soffitto di camera sua, facendo una stella dopo l'altra.

Dalla parte opposta della strada Stefano ha intanto scoperto che «parure» significa «serie di due o più gioielli realizzati in base a criteri estetici di complementarità» e quindi, in parole povere, una coppia formata da collana e orecchini. Lui in quei giorni si guarda spesso allo specchio, respira senza un'ombra di grattino in gola e prende una serie di decisioni a catena. La prima è che si sfilerà la stramaledetta maglia della salute in ascensore, non visto, prima di andare a scuola, e la rimetterà poco prima di rientrare in casa. La seconda è che il doppio strato di maglioncini, sua mamma, se lo può scordare. E la terza è che qualunque idea verrà ad Aurora riguardo ai tre vecchietti assatanati, per lui andrà bene.

«È una totale follia!» le risponde, infatti, non appena viene messo al corrente del suo piano.

«Significa che non vieni?»

«Non ho detto questo. Ho detto che...»

Quello che ha detto è piuttosto chiaro. Il non detto, invece, è complicato: ci sono un sacco di implicazioni, di menzogne, di coperture. Stefano non è abituato a mentire, non del tutto, almeno, e non sa da che parte iniziare: ha sempre vissuto come dentro una radiografia. Non ha mai davvero immaginato di poter fare qualcosa di cui sua madre non fosse al corrente. Aurora non ha gli stessi problemi. Anche lei non ama mentire, ma sono tredici anni e mezzo che si esercita nella raffinata arte del dire solo certe cose, tralasciandone altre che la metterebbero nei guai.

Quella volta, per esempio, Aurora si limita ad annunciare che in settimana ci sarà, come ogni anno nella sua scuola, una serata con rappresentazione teatrale in palestra. Non dice invece che lei e Stefano non staranno a guardare quei poveri attori che vorrebbero essere da tutt'altra parte, perché hanno programmi diversi. Stefano farà lo stesso, per la prima volta in vita sua.

Quando arriva la sera fatidica, Stefano esce di casa, ma solo dopo essersi tolto di nascosto la canottiera e un camiciotto di flanella. Forse per quello si sente così leggero quando attraversa la strada e citofona ai Chen. È un po' emozionato. E un po' ha anche freddo, ma il freddo è una cosa nuova per lui, e gli piace.

Risponde il signor Liwei, e gli dice che Aurora è pronta e scende subito.

E in effetti un minuto dopo la ragazza esce spiccando un salto dalla soglia del portone. Profuma di fresco e, a differenza di Stefano, si è vestita elegante. Lui ammutolisce, si sente un cretino, sta quasi per chiederle di aspettare un attimo per correre a casa a recuperare la giacchetta che si mette a Natale, quando lei dice: «Scusami, per il vestito. Ma mia mamma altrimenti non mi lasciava uscire».

E quindi Stefano capisce che è tutto ok. Si avviano, l'una accanto all'altro, verso quella serata che già sanno sarà diversa da tutte quelle che hanno vissuto fino ad allora.

«Ernesto mi ha dato i soldi per il taxi» dice Aurora.

«Ricordami perché stiamo per fare quello che stiamo per fare?» fa Stefano.

«L'hai preso, il baracchino di tuo papà?» replica Aurora.

«Certo che l'ho preso.»

«La risposta è che lo facciamo perché è giusto così.»

«E perché è giusto così?»

«Perché quei poveretti si sono sparati quarant'anni di galera! E senza qualcuno che li aiuti, non ci riusciranno mai. Sono spaesati, non sanno usare uno smartphone, non hanno mai visto un tablet, figurarsi...»

«E i proprietari della parure?»

«Te l'ho detto! Si sono già presi un'assicurazione enorme dalla banca. Se potessero se ne farebbero rubare un'altra tale e quale.»

«Che in pratica è quello che stiamo facendo noi.»

«Riprendersi una cosa rubata non è come rubarla di nuovo.»

Stefano ci pensa un po' su.

«Cosa credi che diranno?»

«Chi?»

«La banda. Di me.»

«Dipende da quello che dici tu.»

«Li hai avvertiti che ci sono anche io?»

«Gli ho detto che forse c'eri anche tu. E che possono stare tranquilli. Che siamo una batéra. E garantisco io.»

«Una batéra, eh?»

«Una compagnia.»

«E i nostri, di compagni, cosa penseranno?»

«Niente. Al massimo che siamo arrivati un po' in ritardo. E che siamo arrivati insieme.»

Stefano annuisce, fa spallucce, ma è evidente che gli brillano gli occhi, che tutta quell'operazione, studiata al dettaglio da Aurora, gli piace.

«Dai, ammettilo che sei contento!» esclama Aurora.

«In effetti la odio, la serata teatrale in palestra!» confessa Stefano.

«Anche io!» ridacchia Aurora.

Raggiungono così un taxi e nel farlo, senza pensarci, Stefano le prende la mano. Aurora lo lascia fare.

Salgono.

«Via...» fa per dire Aurora.

«Andiamo in via della Pergola 24, grazie» sottolinea Stefano e poi le stringe di nuovo la mano. Ci ha pensato. Meglio dire il numero civico sbagliato, per confondere un po' le tracce.

Fuori dal finestrino la città è tranquilla. Si è appena messo a piovere. È martedì, ossia il giorno di chiusura del ristorante l'Officina di Michelin. E infatti è tutto chiuso e in via della Pergola non si vede anima viva. A parte i tre della Banda del Gasometro, imbacuccati, sotto un ombrello, ma sorridenti. Forse addirittura elettrizzati. Come ai vecchi tempi.

E, come ai vecchi tempi, Ernesto se ne sta in disparte; fuma una sigaretta. In realtà non gli piace fumare quando è troppo umido, ma fa un'eccezione, perché se c'è una cosa che ti insegna la strada, è che i riti sono importanti.

Controlla l'orologio. I ragazzi dovrebbero essere lì a momenti. I ragazzi, pensa. Uno nemmeno lo conosce. L'altra è cinese, sveglia come un drago, e ha la stessa età di quando aveva iniziato lui, a fare quella vita.

Si ricorda tutto come se fosse ieri. La prima corsa. La paura. La prima volta che avevano fatto la spartingaia, la divisione del bottino. A lui toccarono mille lire. Ma tant'è, eccolo di nuovo lì, in piedi, ad aspettare davanti a una serranda abbassata. Se l'Ortiga fosse stato ancora vivo, Ernesto avrebbe lanciato un'ultima occhiata alla sua macchina, in fondo alla strada. Quando c'era da rubare un'automobile per un colpo, l'Ortiga apriva le portiere con una forchetta e la metteva in moto collegando i fili... Povero Ortiga. Non l'avevano beccato, ma se ne era andato anche lui. Chissà dove.

Sempre come ai vecchi tempi, mentre Ernesto se ne stava in disparte a concentrarsi con la sua sigaretta, Renato e Belmondò battibeccavano a modo loro.

«Avranno anche delle barbette ridicole, come dici tu» stava argomentando Belmondò, aggiustandosi il Borsalino sulla fronte, «ma conoscono tutti i trucchi del mestiere.»

«Ma va' là.»

«E come no, guarda: chiusura il martedì, non ti dice niente?»

«E cosa dovrebbe dirmi, a parte che con quel paracqua sulla testa mi stai inondando il collo?»

«Se chiudi il martedì, il lunedì sei tra i pochi aperti e smaltisci gli avanzi del fine settimana. Preparando il polpettone. Scommettiamo che ieri sera ce l'avevano in menu?»

«Ma va' là. Quelli manco se lo ricordano più, che cos'è il polpettone.»

«Lo faceva anche la Marisa.»

«Quello sì che era un polpettone.»

«Ma sempre di lunedì, per via degli avanzi!»

«Non ti credo. Lei c'aveva il talento per il polpettone.»

«Me lo aveva confidato in segreto. Sai, aveva un debole per me.»

«*Tutte* avevano un debole per te, Livio.»

Belmondò ride sotto i baffi, anche se quello con i baffi è Ernesto.

E poi, quando arriva il taxi e li supera, fanno finta di niente.

A Renato, però, non sfugge la mossa.

«Si sono fatti lasciare più in là, Ernesto. L'hai notata la finezza?»

Ernesto l'ha notata eccome, e butta via la cicca. È un pensiero stupido, dato quello che stanno per fare, ma non vuole dare il cattivo esempio ai ragazzi.

«È brava, te lo assicuro io» rimugina Renato. «Cinese, ma brava.»

Le presentazioni sono presto fatte. Lui è quello nuovo, e ha la macchinetta che serve. La pioggia cade obliqua sull'asfalto lucido, e sembra di stare in un vecchio film poliziesco. Si mettono tutti e cinque davanti alla serranda come per ripararsi dalla pioggia e fanno cerchio attorno a Stefano, che tira fuori dalla tasca imbottita del giubbotto il baracchino con cui suo padre tara le frequenze degli allarmi. E lo collega al telefonino.

«C'è campo?» gli domanda Aurora.

«Tre tacche.»

È un lessico da fantascienza per i tre vecchietti.

Stefano cincischia un po' con l'app Mega-Unlock, accende il baracchino e gli fa provare un po' di frequenze diverse. L'ago dell'oscilloscopio si muove un po' di qua e un po' di là. Digita un paio di comandi sul telefonino, alza e abbassa il tutto, aggrotta le sopracciglia.

«Qualcosa che non va?» gli domanda Aurora.

«Tutto che non va...»

«Ok. È stato bello. Dai, andiamo a casa» fa Renato, strattonando Belmondò per la manica del soprabito.

Nello stesso momento il baracchino si accende di rosso, e il viso di Stefano pure.

Pigia un altro paio di volte sullo smartphone e la piccola spia lampeggiante del Securtec 80 sul muro si spegne.

«Ecco fatto!» esulta.

I tre devono guardare con i loro occhi, per crederci. Aurora si sente come quella che si è appena portata un attaccante del Barcellona a giocare al campetto di calcio la domenica con gli amici.

«Sei meglio del mago Silvan, giovanotto» commenta Renato. E poi gli viene un dubbio: «Ma c'è ancora, il mago Silvan?».

Ernesto si fa largo e prende posizione davanti al centro della serranda, nel punto dove è agganciata a terra. Nelle sue manone è comparso un sottile pezzo di ferro ricurvo. Un grimaldello.

«Se permettete, adesso tocca a me, eheh.»

Si inginocchia, dà un colpetto, ma scricchiola più la sua schiena che la chiusura della serranda. Ci riprova.

«Ernesto...» lo ammonisce Renato.

«Ci sono quasi» risponde Ernesto, e si accuccia un po' meglio.

Un tizio con un grande cane gli passa a mezzo metro dal naso. Tutti gli altri si irrigidiscono. Ma niente: cane e padrone proseguono serafici sotto la pioggia, come due comparse di *La La Land*, ignorando quei tre simpatici vecchietti con i loro nipotini.

E quando sono scomparsi, inghiottiti da un'insegna al neon e dallo sciabordio delle auto lungo la via, Ernesto sibila: «Avvertirmi no?».

«Ti ho avvertito. Ma non mi hai sentito.»

Aurora, un tantino dispiaciuta, conferma che è vero.

Ernesto abbozza. E al terzo tentativo, tutto d'orgoglio, fa scattare la serratura.

La aprono quel tanto che basta a strisciare nel vano d'ingresso, poi la richiudono. Belmondò ci infila anche un bigliettino, come quello che lasciano le guardie notturne. A quel punto aprire anche la porta di vetro del negozio è uno scherzetto, per Ernesto. Si muovono arrugginiti, ma ancora con i vecchi schemi. Renato dietro, a controllare l'ingresso, Belmondò che fa strada. Il rubacuori del gruppo avanza tra i tavoli, felpato, trova le scalette, e giù in cantina. Adocchia anche uno champagne buono, ma Ernesto non ne vuol sapere.

«E piantala, non siam mica qua per il vino!»

Belmondò sbuffa e accende la sua torcia elettrica. La scaletta è stretta, a scendere tutti insieme, ma né Aurora né

Stefano intendono perdersi anche solo un secondo di quella serata incredibile. Non fiatano, per paura che crolli tutto.

Ecco i bagni, una porta su cui è scritto PRIVATO e, subito dietro, il muro del Michelin.

Belmondò lo accarezza.

«Avevi ragione, Ernesto» dice. «Sembra proprio lui.»

Poi allunga una mano e Renato tira fuori da sotto al soprabito una piccola mazza da muratore che fa passare sopra la testa di Aurora e Ste.

«Un passo indietro, prego» ordina Ernesto. Solo che non c'è spazio, e quindi si ammucchiano tutti nel bagno delle signore.

Il pezzo di muro viene giù come un biscotto, e con lo stesso rumore. Le torce elettriche scorrazzano nervose nel buio, sondando il buco.

«Allora?»

«C'è?»

«La vedi?»

Ernesto infila la mano nell'intercapedine che si trova dietro il muro e ci rovista un po' dentro. Calcinacci, cocci, intonaco. Poi un clangore, un secondo, e infine una scatola metallica, coperta di polvere.

«Signur, non ci credo!» esclama, e ha chiaramente gli occhi lucidi. «È proprio come me la ricordavo!»

«Piantala lì col sentimentalismo» fa Renato. «Prendila, veloce, e andiamo!»

Ma anche lui sembra commosso. Si gira, brusco, per salire, e si spara un paio di colpi con lo spruzzino per l'asma. Risalgono senza far rumore e Renato solleva di nuovo la serranda.

Fuori uno, fuori due, fuori tre...

La pioggia, fuori, ha smesso di cadere. Milano è luccicante e buia al tempo stesso. La marmitta di una moto rantola lontana in qualche strada.

«Ma dov'è finito quel cretino?» domanda allora Renato, spezzando l'atmosfera da vecchio film.

Il cretino è Belmondò, sparito chissà dove. Ernesto sente un brivido, che assomiglia a quello di quarant'anni prima.

«No...» fa in tempo a dire. «Non qui, con i ragazzi.»

E Belmondò compare da sotto la serranda, con sottobraccio la bottiglia di champagne che aveva adocchiato prima. Abbassa la saracinesca dolcemente e poi tutti via, con le mani in tasca, come se non fosse successo niente.

Aurora e Stefano hanno le dita che tremano, le emozioni impigliate tra i denti: sono spaventati, stupefatti e tremendamente felici. Aurora si stringe addosso all'amico e lui chiama un secondo taxi.

«Tre minuti. Genova cinquantadue.»

Si fermano all'angolo della via successiva ad aspettarlo. È una Mercedes, una macchina che a Renato non piace. Ma pazienza. I due ragazzi sono perfettamente in tempo per seguire tutta la cavolo di recita in palestra.

«Ciao nonno!» butta lì Aurora, prima di salire sul taxi. «Ci vediamo domani!»

Ernesto, senza pensarci, solleva la mano per salutarla. E la tiene sventolata fino a quando le luci rosse dei fari posteriori non sono scomparse.

«Nonno?» gli fa Renato, appena Ernesto la rimette in tasca.

Lui posa la scatola a terra, tira fuori il pacchetto di sigarette, sta per accendersene una, poi ci ripensa, e la butta nel primo cestino che trovano.

«Che ne dite, ce ne torniamo a piedi?»

Belmondò attende di arrivare nella prima via bene illuminata per mettere un foglio sotto il naso di Renato.

«Leggi qua» gli dice.

«Che roba è? Non ho gli occhiali.»

«È il menù del lunedì. E... indovina?»

Renato, questa volta, ride. Nell'idiozia di Livio c'è qualcosa che sconfina nell'arte.

«Polpettone?» intuisce.

«Un polpettone da 18 euro!» gongola quell'altro, trionfante.

10
La scatola del destino

L'errore è lì, alla riga cinque, evidente come uno strappo nel vestito. Una macchia, chiamatelo come volete, ma è pur sempre un errore. L'equazione non torna, perché invece di moltiplicare per due il primo fattore, quando ha spostato, l'ha diviso. E quindi *x* non era quattro. E *y* neppure. Aurora sta così a lungo a guardare la pagina che anche suo papà se ne accorge.

«Tutto bene?» le domanda. Perché di solito, almeno fino alle tre, il caschetto di Aurora si muove sul quaderno con la precisione di un metronomo. Da un lato all'altro del foglio, e così la mano, compilando numeri su numeri, risolvendo incognite, dividendo quando c'è da dividere, moltiplicando quando c'è da moltiplicare. E non il contrario.

«Sì» risponde Aurora. «Ho solo un po' di sete.»

Liwei le versa un bicchiere d'acqua, sorride tranquillo, le chiede com'era lo spettacolo in palestra.

«Tremendo, come sempre» risponde Aurora. Papà Liwei ride e pensa che la lingua affilata di Aurora somiglia tanto a quella del prozio Wang Lin.

Sul portatile scassato di Aurora, intanto, è comparsa una finestrella verde di Coocoomber, il programma di chat supersicuro che usano lei e Stefano. E infatti è lui. «Ehi, l'hanno aperta?» scrive.

«Negativo.»

«Non l'hanno aperta?»

«Non li ho sentiti.»

«E cosa aspetti?»

Già, cosa aspettava? È abbastanza evidente che la curiosità non la lascerà in pace finché non scoprirà se i vecchietti hanno trovato la parure. Ne sarebbe felice, anche se questo probabilmente significherebbe la fine del suo lavoretto delle tre e tredici. Però, oltre che essere felice, adesso vorrebbe anche vederla, questa leggendaria parure.

Alla fine Aurora si decide: chiude i quaderni e, mostrando il cellulare, dice a suo papà che i vecchietti hanno bisogno di olio.

«Ah, bene. Hanno imparato a usare il telefonino, finalmente.»

Il che significa che il signor Liwei non dovrà più stare al vecchio telefono del bar con Ernesto, ad annotare una cosa per volta.

Aurora non si sente di mentire più di così, esce dal bar e si invola verso via Bovisasca.

Mentre si avvicina, si fa un po' di domande. Tipo cosa combineranno con quella parure. Devono venderla a qualcuno? A qualche ricettatore. Ma la gente del loro giro, ormai, sarà tutta all'ospizio, se va bene. E quindi? Che faranno, i tre della Banda della Pantofola Assassina?

Ridacchia, ma deve ammettere che il nomignolo inventato da Stefano si è appiccicato bene addosso a quei tre.

Mentre attraversa, le viene da dire, con la voce di un attore da telefilm, che la parure del Banco Ambrosiano è *roba che scotta*. Di certo lo era nel 1979. Ma dopo quarant'anni?

Scotterà ancora?

Quando suona alla porta, è emozionata e sorridente.

«Allora, siete ricchi?» domanda.

Ma le basta vedere la faccia di Ernesto quando le apre per capire che qualcosa non va.

«Che è successo?»

Lui quasi non la saluta neppure. La conduce in cucina, che è particolarmente sottosopra. I piatti da lavare, corrispondenza impilata malamente sul cesto della frutta. E sul lato del tavolo è appoggiata una sedia rotta. La bottiglia di champagne è aperta ma ne manca sì e no un bicchiere.

«Belmondò?»

«È uscito a camminare, per far sbollire la rabbia.»

Aurora raccoglie da terra la *Settimana Enigmistica* e la matita di Renato, spezzata giusto a metà. Sente un lamento che proviene da un'altra stanza.

Aurora sgrana gli occhi.

«Chi... Chi è?» domanda.

Ernesto ci mette un po' a risponderle, come se non l'avesse sentita. Poi capisce.

«Ah, niente» dice. E si stringe nelle spalle. «È il Renato, che mentre spaccava la sedia gli è venuto il colpo della strega.»

«Devo passare in farmacia?»

Di nuovo una lunga attesa, prima della risposta.

«Eh, non sarebbe una cattiva idea.»

«Vado.»

«No, aspetta.»

Aurora si ferma.

«Vuoi un chinotto?»

Lei scuote la testa. «Veramente no. Vorrei solo sapere cosa è successo.»

E poi sussurra: «Non c'erano?».

«Come?» fa Ernesto, confuso.

«I gioielli, dico.»

«Oh, no. No, no. Ci sono. Per esserci ci sono.»

Aurora non capisce. Si appoggia al muro, e forse adesso sì che lo vorrebbe, un chinotto. Ma che succede? Perché non sono allegri? Perché hanno rotto una sedia? Perché Belmondò ha della rabbia da far sbollire?

Ernesto recupera una sedia con il piede e ci appoggia la ciabatta sopra, pensieroso. «La scatola l'abbiamo aperta a pranzo, quando ormai era bella matura. Non so come abbiamo fatto a resistere. Ma dopo quarant'anni, che differenza poteva fare una mattina in più?»

Aurora capisce che non deve interromperlo. E non lo fa. Sente cigolare un letto, nella camera di Renato. E una serie di altri piccoli lamenti.

«I gioielli sono ancora bellissimi: la collana, la spilla, i due orecchini...» scuote la testa Ernesto.

«Falsi?»

«No. No. È che nella scatola c'era anche... quella.»

E le indica una busta appoggiata sul cesto della frutta. Aurora non capisce: pensava fosse una bolletta ma poi, guardando bene, vede che non ha francobolli, né niente.

«Che roba è?» domanda.

«Ti ricordi dell'Ortiga?»

«Quello che è scappato?»

Ernesto sorride, amaro. «Sì, veloce come il vento. Pensavamo avesse paura, e non c'è niente di male in quello. Ma non era vero.»

Aurora spalanca gli occhi.

«Ecco, è vero che è scappato, ma la paura non c'entrava proprio niente. È stato lui a venderci. A farci incastrare.»

«Ma non era un vostro amico?»

«Era un mio amico eccome. Cresciuti insieme qui alla Bovisa. Eppure… è tutto scritto lì sopra.»

«Posso leggerla?» domanda Aurora.

La testa bianca di Ernesto ondeggia, stanca, facendo segno di sì.

11
Una lettera dal passato

Ciao, Ernesto, e ciao anche a voi, Renato, Livio.

A tutti voi. Ho pensato così tanto a quello che dovevo scrivervi, che non so nemmeno da che parte iniziare. Avrò scritto e riscritto questa lettera cento volte, ormai. E nessuna mi è mai piaciuta. Ma non credo di avere più tempo, per cui tanto vale che vi dica le cose come mi vengono, una dietro l'altra, nella speranza di riuscirci e di essere abbastanza lucido.

Parto dall'inizio: sono dispiaciuto, addolorato. Penso a voi ogni giorno, ogni mese, ogni anno. E poi penso a come fare a dimenticarvi. Vi immagino laggiù, là dentro, e so che non c'è modo di rendere questa mia lettera meno terribile. E adesso il peso più grande: sono stato un gran vigliacco. E un gran vigliacco non è che cambia tanto, nella vita: vigliacco era, e vigliacco rimane. Ho sempre avuto una paura matta di dirvelo, e l'unico motivo per cui riesco a farlo adesso, credo, è perché è arrivato qualcosa che mi fa ancora più paura di voi. Ed è la morte. Quella vera, senza scuse, che non ti sta ad aspettare. Vi scrivo dopo che il dottore mi ha confermato la sua condanna e con il tempo che mi resta che sta sgocciolando via. Ora, almeno, mi sembra tutto più chiaro. Lo so che avete sempre proclamato la vostra innocenza e che avete sempre saputo di essere stati incastrati. Quello che però non potevate sapere è che sono stato io a farlo. Io, sì. Non ve lo scrivo per cercare perdono. Avete tutte le ragioni del mondo per odiarmi e maledirmi, io odio e maledico me stesso, e anche se so che è impossibile, dovete credermi se vi dico che hanno incastrato anche me. Mi hanno usato e preso in giro facendomi credere di esser tanto furbo, come si fa coi peggiori cretini. Comunque, per brutta che sia, la verità è questa.

Vi ricordate di certo che mi piaceva giocare a scacchi. Ero bravino, anche. E un giorno, al Circolo Scacchistico della Ghisolfa, mi arrivò un signore in doppiopetto, abito elegante, di sartoria, tagliato addosso, cravatta chiara. Un filo di profumo. In qualche modo era informato del nostro colpo, conosceva l'Ernesto, di nome, e sapeva che stava preparando qualcosa al Banco Ambrosiano, ma non nei dettagli. Io gli dissi picche, che nemmeno avevo idea di chi fosse l'Ernesto, né tantomeno la Banda, cioè, nulla più di quanto si leggeva sui giornali, ma quello nemmeno mi ascoltò. Qualcuno in alto loco, disse, aveva bisogno che la polizia compiesse certi arresti sensazionali, per ben impressionare la cittadinanza prima delle elezioni. Così disse, testuali parole. Me le ricordo come se ce l'avessi impresse a fuoco nella memoria. Doveva essere una cosa da prima pagina dei giornali, ma fatta a colpo sicuro, senza imprevisti, senza margini d'errore e senza spargimenti di sangue. Quello sapeva chi ero, capite. Sapeva che ero il palo della banda. Sapeva che stavo fuori, col motore acceso. Sapeva tante di quelle cose che mi vennero i brividi. Ce l'avevamo già addosso, tutti quanti, non solo la Madama. E allora tanto vale, mi son detto, se ci devono prendere, che non prendessero me, che avevo certi progetti, lo sapete, con Ninetta. Anche quella, andata. Ma statemi a sentire. L'ho fatto. Ho accettato di fare il soffia. Il patto era chiaro: se li avessi aiutati a pizzicare il resto della Banda del Gasometro, a me, per il disturbo, mi avrebbero lasciato andare e dato un gruzzoletto mica male. E i documenti della Questura per andarmene all'estero con Ninetta, o con chi volevo. Perché di portarmela all'estero, a dire il vero, non mi girava tanto. Una così, era come un faro. Lo capivo bene, da come la lumava il Belmondò, le sere che me la portavo appresso. Vale poco, adesso, ma ci tengo a dirvi che non è che decisi in quattro e quattr'otto, lì al Circolo degli Scacchi. Chiesi rassicurazioni, chiesi chi c'era dietro. E all'appuntamento successivo venne il Commissario Capo della

Mobile, il dott. Bardelli, che conoscete benissimo, e che tutta Milano conosceva, in quegli anni. Fu lui a confermarmi l'accordo e a mostrarmi i documenti. Li avevano già pronti, bastava che scegliessi il nome nuovo. Via l'Ettore e dentro il Mario, il Luigi, quello che volevo. Bardelli me li mostrò e mi lasciò libero di tornare al nostro covo e spifferarvi tutto. Scelta mia, disse, tanto il cerchio si stava stringendo intorno a quelli del Gasometro ed era solo questione di giorni. Eravamo spacciati, tutti e quattro. Ma io un po' meno, se accettavo l'accordo. E dovevo capirlo che qualcosa non andava perché, se davvero ci erano addosso, a che pro spendere tutti quei soldi per me, per l'autista? Ma lo sapete come fila la testa, quando c'è la Madama di mezzo. Solo il Renato sapeva ragionare a freddo, no? E di certo un amico leale non avrebbe avuto dubbi: avrebbe sputato ai piedi del dottore e sarebbe venuto ad avvisarvi, e poi via, a tutta velocità, sperando di essere ancora in tempo. Ma io, lì, con la schiena al muro, non solo non sono stato leale. Ci ho anche goduto un po', a spifferare il covo. Ero pieno di rabbia, e lo sapete perché. Ernesto, tu sei sempre stato la mente, quello intelligente, il capo. Belmondò tu avevi le donne, tutte quelle che volevi. E Renato, stavi bene così, con la tua testa dura, e qualunque cosa io facessi mi guardavi sempre a quel modo, come se l'avessi fatta male, come se tu la potessi fare meglio. E ci provavo, eh, a essere come voi. Ma non lo ero, davvero. Lo sapevo, lo sapevate anche voi. Io ero l'Ortiga. Stavo zitto e guidavo la macchina. Mi prendevate in giro, chiamandomi "l'autista". Mi prendevate in giro in mille altri modi. Visto che parlavo poco pensavate che fossi un mezzo scemo, me ne accorgevo. Ci stavo male, masticavo amaro. E quando uno è giovane e orgoglioso vuole sentirsi importante... Tutte baggianate, ma lo capisci poi dopo. E allora io giovane lo ero, come voi, e ho pensato: guarda lì che bello scherzetto gli combino a quei tre, che si credono tanto furbi. Andarsene via, ricominciare, le tasche piene, e mandarvi tutti e tre al fresco per un po'. Mica tanto, pensavo, mica tanto mi han detto quelli. Un annetto, due, tre al massimo, per farvi abbassare un po' la cresta. Loro ci avrebbero vinto le elezioni e io, l'Ortiga, schivo, timido, buono solo a sgasare col motore, un po' di vita mia. E poi, pensavo, una volta fuori, magari c'era anche il modo di ritrovarsi. Vi potevo contar qualche storia e a quel punto saremmo stati pari. Però non è andata così, e lo sapete bene. Quella maledetta sera niente andò come aveva detto il tizio in doppiopetto. C'era uno strano viavai di macchine, cose sospette, e nella banca, chi lo sa. Dovevano arrestarvi lì, con la parure di quel miliardario greco, e invece niente, ci fanno scappare tutti, e io zitto, con la paura di non averci capito nulla. Mentre ero lì che non sapevo cosa fare, con il motore acceso, mi si avvicina un tizio con gli occhiali scuri che mi porge una valigetta e mi dice: cambio di programma, riporta tutti al vostro covo, non aprir bocca e poi taglia. Vale a dire scappa. Io cerco di capire chi è, ma quello è già sparito. E dentro alla valigetta ci trovo i soldi e il passaporto. La nascondo nel bagagliaio, nel buco della ruota di scorta. Rimango lì fino a che voi uscite e saltate a bordo, vi porto al covo. Non dico una parola, ma quello mi riesce facile. Mi sembra però che mi esca il cuore da dentro il petto, tanto batte forte. Che cosa sta succedendo?

Io non lo so, ma mi prende una paura nera, taglio la notte stessa e vado a Lugano, dove mi arrivano le notizie di Milano: il direttore Migliorini ucciso, quelli del Gasometro ricercati per omicidio, e allora mi prende il panico, non so cosa fare, e chiamo il Michelin, che mi racconta che siete andati da lui e della refurtiva murata nello scantinato della sua officina. Tutto diverso da come doveva andare. E poi vi prendono, il processo, gli ergastoli. E io? Io ci ho sofferto quanto voi. E lo so che sembra di sputare sulle ferite, ma è così. Un conto è qualche annetto a San Vitùr, quasi una medaglia per gente come noi, un conto è diventare vecchi dietro le sbarre. A questo pensavo, in Germania, dove ho messo su un piccolo autolavaggio, che poi mi è partito bene, si è ingrandito e adesso è diventata una catena che si trova in tutta la Germania. Adesso l'azienda la dirigono i miei nipoti, che non sanno niente di voi, di chi era il nonno e da dove fossero saltati fuori i soldi con cui cambiò vita. Però una cosa ho continuato a farla, anche dopo che il Capo della Mobile l'hanno fatto fuori in quell'incidente: cercare più informazioni possibile sull'uomo che mi aveva trovato al Circolo della Ghisolfa, il tizio in doppiopetto.

Volevo sapere la verità, perché chi ha fregato voi ha fregato anche me, e non è stata una fregatura da poco. Quel che ora so di certo è che è arrivata dall'alto, molto in alto. Perché è come se intorno al fattaccio del Banco Ambrosiano ci avessero messo una bolla di silenzio, impossibile da penetrare... Tutto quel che sono riuscito a ottenere, servendomi del migliore investigatore sulla piazza, è una piccola nota rubata negli archivi dei Servizi Segreti, datata 20 novembre 1979, in cui una mano anonima riferisce questo. Che «il problema G.M. di piazza Velasca è stato sistemato una volta per tutte, con pieno successo, da Little Raven». La nota si conclude con le istruzioni «distruggere a lettura avvenuta», ma per fortuna siamo in Italia, e chi ne aveva l'incarico se ne infischiò. Questo è tutto. O quasi. Non vi ho dimenticato.

In questi anni sono rimasto in contatto con il Michelin e, quando mi ha scritto che metteva in vendita la sua officina, l'ho comprata. O, meglio, l'ho fatta comprare da una delle mie società qui in Germania. Ora, finché ho ancora un po' di forze, sono tornato a Milano – l'unica volta in tutti questi anni – e sono venuto a prendere la scatola con la parure, dato che il Michelin non ne ha voluto nemmeno sentir parlare. Ci infilerò dentro anche questa lettera, la rimetterò al suo posto e poi guarderò i muratori che richiudono la parete. Ho imposto alla società finanziaria, attraverso il testamento, che l'edificio del Michelin non venga venduto né ristrutturato per i prossimi 50 anni, ma solo affittato, per essere sicuro che la scatola sia ancora lì, ad aspettarvi.

Ora che ho sputato il rospo e che ho dato le istruzioni necessarie, mi sorprendo di come sia stato tutto sommato facile e di come, anche se fatico un po' a scrivere, mi senta meglio. Non pulito, ma nemmeno lercio. Tra poche ore ritornerò lassù in Germania, dove lascerò passare i due o tre mesi che il medico mi ha dato. E poi adieu.

Io per primo non mi perdono, e non chiedo a voi di farlo, ma spero almeno che tutti e tre possiate vivere abbastanza per leggere questa lettera, per trovare la parure, per scoprire la verità e prendervi una rivincita con la vita.

9 settembre 1995
Ettore Pellegrini,
l'Ortiga.

12
Il grande schema delle cose

Stefano si è buscato un super-raffreddore che è forse solo la logica conseguenza dell'aver voluto sfidare le leggi materne del doppio maglioncino e dei maxi-berrettoni. Una conseguenza del tutto inaspettata, invece, almeno per Aurora, è lo spalancarsi improvviso della casa di Stefano. Nei due anni precedenti l'unico loro terreno comune era stato il Bar Jolli, e l'ufficio di Aurora. Un paio di volte, per Natale, Stefano era salito in casa della famiglia Chen, ma solo perché aveva l'obbligo di fare gli auguri a tutti. Avevano mangiato una fetta di torta con i fratellini, Aurora gli aveva mostrato rapidamente la sua cameretta, e la cosa era morta lì. Casa Lancini, invece, pur trovandosi letteralmente dal lato opposto della strada, era rimasta inaccessibile, segreta, come Mordor. Aurora ne aveva osservato accendersi e spegnersi le luci, lampeggiare gli schermi e, un paio di volte, uscirne densi fumi misteriosi: un arrosto sfortunato, la prima, e l'esperimento di scienze di Stefano con dosaggi sbagliati, la seconda. Il resto era filtrato dalle scarne descrizioni di Stefano: i tre elementi su cui aveva insistito con maggiore convinzione era che avevano una grande televisione curva dentro alla libreria del salotto, un frigorifero con uno scomparto apposta per le bibite ghiacciate e che lui era finalmente riuscito ad appendersi in camera un enorme poster di Lego Movie.

Così, quando per la prima volta il portoncino dell'ingresso si apre con uno schiocco che riecheggia nell'atrio delle scale, Aurora Chen avverte una certa solennità. Le scale sono identiche a quelle del suo palazzo, ma con molto più marmo. Sa perfettamente qual è il piano, ma non prende l'ascensore incastrato in mezzo alla spirale dei gradini. Continua a osservare, incuriosita. Le scale sono immacolate, i nomi degli inquilini incisi sui campanelli d'ottone sono enigmistici: una, al massimo due lettere, o un codice, come se nessuno volesse far sapere ai vicini come si chiama. Aurora si sta domandando il perché di tanta segretezza, quando vede Stefano che la aspetta sulla porta.

«Molto belle» fa, saltando i saluti. E indica le sue ciabatte a forma di testa di drago con le fauci spalancate.

«Ne ho un paio anche per te!» esulta l'amico, porgendogliele.

L'appartamento di Stefano è grande, luminoso, con mobili moderni, faretti conficcati nel soffitto. Quel genere di case spigolose, tutte design, in cui hai paura ad appoggiarti a qualsiasi cosa. Sua mamma compare immediatamente, la saluta con trasporto, le offre da bere e da mangiare, le fa alcune domande di cui dovrebbe già conoscere la risposta, e mette subito le cose in chiaro. Il bagno è quello in fondo al corridoio e gli asciugamani di Aurora sono quelli rosa, nel caso. C'è una torta al limone in frigo e ha pensato di preparare del tè *bancha* per l'occasione. È un tè cinese che ha comprato in erboristeria, e Aurora si sente in dovere di risponderle che lo conosce ed è buonissimo, anche se in casa nessuno beve praticamente mai il tè.

La mamma di Stefano controlla l'ora, è in ritardissimo, bacia suo figlio sulla fronte, gli fa le ultime dodicimila raccomandazioni, sorride ad Aurora e poi esce, avvertendoli che tornerà in un'ora e trenta, quarantacinque minuti al massimo.

Quando si chiude la porta alle spalle, Stefano smette di colpo di tenere le spalle curve, pattina con le ciabatte di drago fino alla torta di limone e, ghigliottinandone due fette, domanda ad Aurora tutte le ultime novità.

Aurora parte a razzo illustrando l'incredibile contenuto della lettera dell'Ortiga e Stefano commenta via via con un «ma dai!», un «non ci credo!», un «pazzesco!» per concludere, quasi strozzandosi, con un: «Ci sono di mezzo i Servizi Segreti?!?».

Che ha un che di definitivo.

L'azione si sposta dal tavolo della cucina al salotto con il grande televisore curvo. Aurora si siede a gambe incrociate sul divano bianco e Stefano comincia a camminare in tondo attorno a un basso tavolinetto di cristallo.

«Questa è davvero una faccenda intricata.»

«Intricatissima.»

«E pericolosa.»

«Pericolosissima.»

«E tu cosa ne pensi?»

«Che dobbiamo aiutarli.»

«A fare cosa? A piazzare la collana? Se fossimo dentro Showdown, ancora ancora. Anzi, se giocassimo già a Showdown '70, magari sarebbero loro che aiutano noi. Ma... questo non è un videogioco.»

«No. Questo è il salotto dei tuoi» osserva Aurora.

Stefano smette di colpo di gravitare intorno al tavolo di cristallo.

«Appunto. In che modo li aiutiamo, da qui?»

«Semplice: capendo meglio tutta la faccenda.»

«Ah ok, quello posso farlo anche da raffreddato.»

«Io invece… qui non ci riesco» fa Aurora guardandosi intorno. «Mi sembra di macchiare qualcosa solo muovendomi. Anzi, di essere io, la macchia.»

«Uhm. Che cosa ci serve?»

«Post-it. Penne di tre colori diversi. Forbici.»

Stefano annuisce tre volte.

«Una cartina di Milano? Puntine da disegno?»

«E dello spago, certo» termina lui, con gli occhi che luccicano. «Come nei film di serial killer. Ricostruiamo tutto il caso disegnando e appiccicando cose su un muro. Però…»

«Però?»

«Noi non possiamo farlo sul muro» dice Stefano. «Altrimenti poi mia mamma s'incavola e lo spazza via in tre secondi.»

La decisione viene quindi presa rapidamente: disegneranno e appiccicheranno tutto in camera di Stefano, sul retro del poster di Lego Movie, debitamente disteso per terra. Aurora detta, Stefano scrive.

Partono incollando la cartina di Milano e poi cerchiano la sede del Banco Ambrosiano, in piazza Velasca. Cercano l'indirizzo del Circolo Scacchistico della Ghisolfa, che esiste ancora, e fanno un altro cerchietto col pennarello. L'officina di Michelin è il circolo numero tre. Il commissariato della Polizia vicino a viale Zara e San Vittore i successivi. Per puro divertimento, Aurora piazza una Trattoria da Marisa in viale Jenner e osserva il tutto con aria soddisfatta. In poco tempo le strade e la geografia di Milano hanno preso una sostanza diversa, più vera. Il covo della Banda, e quello dell'Ortiga, entrambi scritti su un post-it, li mettono per ora dalle parti del vecchio gasometro della Bovisa, con l'intenzione di chiedere a Ernesto dove si trovassero davvero.

Poi è la volta dei personaggi, che Stefano tira fuori direttamente dalla scatola dei Lego: l'Ernesto, il Renato, il Livio e l'Ortiga, l'uomo in doppiopetto, il capo della Mobile Bardelli, il direttore del Banco Ambrosiano Giulio Migliorini, un paio di generici poliziotti e un tizio con gli occhiali da sole come agente dei Servizi Segreti. A quel punto manca solo il Michelin, con cui l'Ortiga si sente al telefono, e i personaggi della storia ci sono tutti. Dalla scatola dei Lego saltano fuori anche gli oggetti più importanti della vicenda e quando non c'è nulla di adatto Aurora usa quel che trova in giro, improvvisando. Alla fine hanno racimolato: una valigetta piena di soldi, un passaporto, una collana, una macchinina rossa, la macchinina della polizia e un paio di manette. A questo punto Aurora, seduta come un capo indiano in mezzo al letto di Stefano, gli fa muovere i vari elementi sopra la mappa.

«La banda è nel suo covo» inizia. «E progetta di rubare la collana, che è nella banca.»

Stefano sposta oggetti e personaggi secondo le istruzioni e poi aggrotta la fronte.

«Primo problema: come gli è venuta l'idea? Voglio dire: perché proprio quella banca e quella collana?»

Aurora annuisce.

«Giusto. Dobbiamo chiederlo ai vecchietti. Quello che sappiamo è che il colpo lo studia Ernesto. Ed Ernesto è il miglior amico di Ortiga.»

Stefano sposta due omini Lego uno vicino all'altro.

«Cos'altro sappiamo di questo Ortiga?» domanda.

«Che è uno di pochissime parole, timido. E che, quando la banda fa i colpi, ha il ruolo di guidare la macchina.»

Stefano fa salire il mini-Ortiga sull'automobilina e sposta tutto in via Mac Mahon dove c'è il circolo degli scacchi.

«Il colpo è ancora da fare, ma prima l'Ortiga viene avvicinato dal misterioso uomo in doppiopetto.»

Stefano sposta anche lui in via Mac Mahon.

«Ortiga, però, non è sicuro, e quindi fanno un secondo incontro in un posto che non conosciamo.»

«Facciamo finta che sia stato alla Trattoria da Marisa»

propone Stefano. E sposta due personaggi sul circoletto di viale Jenner.

«A questo incontro partecipa anche il capo della Squadra Mobile, il quale si presenta col passaporto falso da mostrare all'Ortiga, che questa volta accetta.»

Stefano muove l'omino del commissario Bardelli, capo della Mobile, vicino all'Ortiga e al tizio in doppiopetto.

«Ecco che arriva il giorno del colpo» riprende poi Aurora. «Ortiga si mette in macchina qui. Gli altri, e la collana, sono dentro la banca...»

«Ci metto anche il direttore, Migliorini?»

Aurora esita.

«Ecco, questo è il punto. Secondo i vecchietti, non c'era nessuno. Secondo i testimoni e l'accusa, invece, il direttore c'era eccome, ha sorpreso i rapinatori all'opera e...»

«Pum» conclude Stefano.

E piazza il povero Migliorini nel circoletto della banca.

«La cosa più strana di quella sera è quel tizio con gli occhiali scuri» continua Aurora.

«In effetti, gli occhiali scuri quando fa buio...»

«Ma no, Ste! È strano per quello che dice all'Ortiga, e cioè che c'è stato un cambiamento rispetto ai piani: la banda non verrà beccata subito. Hanno deciso di lasciarli uscire dalla banca, svignandosela con la parure.»

Stefano si accoccola sui talloni, seguendo con attenzione la posizione degli omini Lego: la collana passa ai tre vecchietti, che escono dalla banca e si avvicinano alla macchinina rossa.

«Oh, e non dobbiamo dimenticare la valigetta, quella coi soldi e il passaporto falso per l'Ortiga» incalza Aurora. «Mentre lo avvisa del cambio di piani, l'uomo con gli occhiali scuri gliela consegna e lui la nasconde nel bagagliaio.»

Stefano prende valigetta e passaporto (uno scontrino piegato), li attacca all'omino con gli occhiali da sole, e infine inscena il loro passaggio all'Ortiga.

Aurora osserva la ricostruzione con grande attenzione e annuisce.

«A questo punto la Banda del Gasometro si divide. Per sempre.»

Ed ecco che Stefano agguanta i tre vecchietti con la collana (un elastico) e li piazza nel covo vicino al gasometro, mentre l'Ortiga, con la macchinina rossa, la valigetta e il passaporto, esce dalla cartina.

«La cosa importante è che, qui, a parte l'Ortiga, i nostri pensano ancora che tutto sia andato bene. Solo il giorno dopo leggono i giornali e si vedono sbattuti in prima pagina come spietati criminali accusati della morte di Migliorini.

Hanno però ancora il tempo di pensare a nascondere la parure, approfittando dei lavori di ristrutturazione nel seminterrato del loro amico Michelin. E poi, alla fine, la polizia arresta la banda.»

Aurora mette in strada i poliziotti e le volanti, lascia la collana da Michelin, quindi allontana le tre figurine e le fa accerchiare dalle auto della polizia. Prende anche le manette (una graffetta), e poi sposta tutto a San Vittore.

Stefano a quel punto posa un indice sull'elastico che rappresenta la parure rubata.

«Hai detto che l'Ortiga viene a sapere da quel tal Michelin che la banda ha nascosto la parure nello scantinato della sua officina, giusto?»

«Esatto» annuisce Aurora. «Ed è un dettaglio decisivo, per capire tutto quel che succede dopo.»

«Ah sì?» fa Stefano grattandosi la punta del naso.

La sua amica si china sulla mappa, dirige lo sguardo sul Michelin e lo allontana dalla cartina.

«Certo, perché passano gli anni e il Michelin esce di scena, ma l'Ortiga è diventato ricco, in Germania, e l'officina se la compra lui.»

Stefano si mordicchia un dito.

«Ma secondo te perché lo ha fatto?»

«Rimorsi» gli risponde, senza alcuna esitazione. «Ortiga

continua a pensare agli amici che ha tradito. Per prima cosa paga un investigatore privato per indagare sul delitto Migliorini, per scoprire chi li ha incastrati. E poi spera di riuscire a far avere loro la parure, quando usciranno di galera. È un oggetto di grande valore, Ernesto e gli altri possono farci un bel gruzzoletto.»

«E poi...»

«Poi l'Ortiga si ammala, gravemente, e allora deve chiudere i conti col passato, in fretta: torna a Milano, recupera la scatola con la parure, ci aggiunge la sua lettera, rimette tutto a posto e fa risistemare il muro dello scantinato del Michelin. Spera che i suoi vecchi amici vivano più a lungo di lui per tornare a prendersi la scatola e... scoprire la verità. Ed è proprio ciò che è successo.»

«Ok, questo pezzo della storia ora è chiaro» fa Stefano. «Però...»

«Però ci resta ancora da risolvere il *vero* mistero: chi ha incastrato la Banda del Gasometro e perché lo ha fatto» dice Aurora.

«Ehi, aspetta... mi hai detto che nella lettera dell'Ortiga salta fuori un nome...»

«Sì. Little Raven. L'investigatore assunto da Ortiga era riuscito a mettere le mani su una nota, presa negli archivi dei Servizi Segreti. E là sopra c'è scritto che questo Little

Raven sarebbe quello che ha risolto *il problema G.M. di piazza Velasca*» dice Aurora, a cui quelle parole sono rimaste come marchiate a fuoco nella memoria.

Stefano resta con gli occhi sbarrati.

«Gi. Emme. Giulio Migliorini!»

Aurora annuisce, il volto serio.

«Per chi ha scritto quelle parole, Migliorini rappresentava un problema. E purtroppo sappiamo in che modo lo hanno... risolto.»

«Little Raven! È lui l'assassino!» fa Stefano scattando in piedi. E poi torna subito ad inginocchiarsi sul tappeto, affonda il naso sulla cartina e passa in rassegna tutti gli omini Lego sparpagliati tra le vie di Milano.

«Ma chi è Little Raven? E che razza di nome è, poi?»

«Significa "piccolo corvo" in inglese.»

«Un nome in codice?»

«Forse... o forse no. Il destinatario di quella nota avrebbe dovuto distruggerla, ma se n'è scordato. Quindi potrebbe averci lasciato un nome *vero*, una pista *vera*!»

«E allora seguiamola, questa pista! Potremmo partire da...» sta per dire Stefano.

Poi, però, sente aprirsi la porta di casa, i tacchi di sua mamma sul pavimento e sbianca: «Via! Presto! Nascondiamo tutto!».

La notte scende veloce su Milano, le luci si spengono, i bambini vanno a dormire, i grandi ciondolano un altro po' davanti al televisore, più per abitudine che per passione. La mamma di Stefano gli sta già prenotando, a sorpresa, un campo estivo per giocare a tennis, il papà si domanda se mai rivedrà la sua squadra in una finale europea. La signora Chen legge un romanzo cinese di oltre mille pagine. Liwei dorme profondissimo, come fa sempre, senza lamentarsi mai, nonostante le dodici ore in piedi dietro al bancone. Tutto sembra come al solito, se non fosse per il pulsare luminoso di due piccoli monitor: uno sotto le coperte del letto di Stefano e uno, dalla parte opposta della strada, sotto quelle di Aurora. Stanno cercando entrambi di seguire la loro pista, quel Litte Raven di cui si sa così poco, e, ogni volta che trovano qualcosa, se lo scrivono sulla chat di Coocoomber. Passano le dieci, passano le undici e si avvicina l'ora dei fantasmi, senza che niente cambi molto.

Hanno seguito sui rispettivi schermi una band di doom-metal chiamata Little Raven, ma l'hanno scartata perché nel 1979 non erano neanche nati. Un tatuatore di Parabiago, niente, anche lui troppo giovane; una montagna dell'Arkansas sacra ai nativi americani, troppo vecchia e lontana; un film del 1956, anche. Insomma. All'una sono vagamente scoraggiati, hanno gli occhi gonfi e il collo che fa male a starsene ripiegati là sotto.

Hanno quasi deciso di staccare e riprendere le ricerche il giorno seguente, quando, con un grande sbadiglio, Stefano adocchia qualcosa d'interessante e manda un link all'amica: è il sito web della Little Raven Press, una piccola casa editrice di Richmond, un quartiere di Londra, gestita dal 1970 da una coppia di italiani. Anzi: lei inglese e il marito italiano. Di Olbiate. La tripla coincidenza, il nome, la data, la città d'origine, accende subito l'interesse di Aurora. Che fanno, questi della Little Raven? Pubblicano pochissimi libri, uno o due all'anno, ma a quanto pare continuano a esistere. Da un sacco di anni.

Ora. Non è che Aurora sappia granché sul mercato dell'editoria, tantomeno quello inglese, però la cosa un po' le puzza. Come fa, si chiede, una casa editrice a restare aperta pubblicando così poco? E roba così sconosciuta, poi? Scorre il catalogo: le sembrano libri astrusi, perlopiù saggi che ti mettono sonno solo a leggerne i titoli. Titoli, poi, che non le ricordano nessun film, nessun videogioco. E nel momento stesso in cui pensa quella parola: videogioco, non ha più dubbi. «*Questa casa editrice è solo una copertura!*» scrive a Stefano. «*È come la merceria di Sheol McGuire in Showdown! Te la ricordi? Lì fingono di vendere bottoni, questi qui di pubblicare libri, ma in realtà fanno la stessa cosa: coprono un'agenzia internazionale di sicari!*»

Quando le risponde, Stefano è d'accordo con lei: deve essere così.

Anche perché ormai ha le palpebre pesanti come il cemento.

13
Si fa presto a dire Londra

La cucina dell'Ernesto è un po' troppo piccola per starci tutti comodi, soprattutto se insistono a essere così agitati, e la sedia di Stefano traballa vistosamente. È quella rotta, e malamente riparata, da Renato. Ma stanno comunque tutti lì: le altre stanze sono le camere da letto e il bagno, e il soggiorno non è cosa, dato quello di cui stanno parlando. Quel tipo di discussione richiede l'intimità della cucina, punto. Quindi tanto vale stringersi. La questione è la misteriosa casa editrice Little Raven. Aurora ha spiegato il suo punto di vista senza tanti giri di parole e Stefano ha stampato un foglio su cui sono elencate tutte le altre possibili connessioni che hanno trovato in rete, dal tatuatore alla montagna dell'Arkansas. Nessuna delle quali è anche solo lontanamente convincente.

E quindi resta la casa editrice di copertura. A Londra.

«Ma che cosa dovremmo fare, allora?»

«Semplice: partire per Londra!»

«Ma va' là! Noi a Londra?»

Renato non è l'unico scettico. Belmondò continua a servirsi da bere, e infatti è il primo ad abbandonare la riunione per andare in bagno. Ernesto è cupo. Scuote la testa. La cosa non gli torna, non ci vede le stesse prospettive che ci vede Aurora, quelle coincidenze non gli dicono poi molto. Però il mondo non è più quello di una volta, e nemmeno le sue intuizioni. Sa che quella ragazzina è sveglia. Il suo amico fa delle magie con il telefonino. Se c'è qualcosa da capire, sono loro che lo possono capire, non certo lui.

Ma Londra...

«Perché mai dovrebbe essere coinvolto un gruppo di Londra per quattro ciaparàt della Bovisa come noi?» dà fiato ai suoi dubbi.

Perché prima o poi bisogna dirlo: la Banda del Gasometro avrà avuto anche il suo momento di gloria, ma non erano quelli del Brenta. I grandi criminali, il nemico pubblico numero uno. Erano quattro ladri, bravini, ma tutto sommato innocui.

Però...

Un però c'è.

«La cosa del capo della Mobile è grossa» ammette. «Voglio dire, se dobbiamo credere a quello che scrive Ettore...»

«Vai, vai, credigli ancora, a quello là!» lo canzona Renato.

Ernesto fa un gesto stizzito con le mani, come a dirgli di tacere. E riprende il suo ragionamento.

«Non è che si è mosso un brigadiere o una pattuglia del quartiere. Il capo della Mobile è il capo della Mobile.»

«Per non parlare di quel tizio in doppiopetto» aggiunge Belmondò rientrando in cucina. «Roba da cumènda, da deputati, da alte sfere.»

«E l'appunto che ha trovato quell'investigatore arrivava... dai Servizi Segreti! Robe da pazzi» riprende Ernesto. «E questo mi fa pensare che forse il dottor Migliorini aveva pestato dei piedi pericolosi. Questa è una faccenda da alte sfere, come dice Belmondò, una macchinazione in grande stile. E se ci sono dietro i Servizi Segreti allora anche questa ipotesi di Londra può avere un senso: per fare una cosa pulita, hanno usato dei professionisti di livello internazionale!»

Aurora annuisce a tutta forza, facendo ondeggiare il suo caschetto scuro.

«Ma ditemi un po'... come avevate deciso di fare il colpo della parure?» domanda poi.

I tre vecchietti la guardano.

«Voglio dire, com'è che decidevate cosa rubare e quando?»

Sia Belmondò sia Renato guardano Ernesto, che fissa il tavolo alla ricerca di una risposta buona.

«Come l'avevamo deciso? Un po' come sempre. Qualcuno ci aveva dato una dritta...»

«Ma chi? Se lo ricorda?» insiste Aurora. Perché a lei l'idea di andare proprio al Banco Ambrosiano, proprio quella sera e proprio a prendere solo una certa parure le sembra una cosa complessa. Non una trovata improvvisata là per là.

«La Patty, secondo me» fa Ernesto, mentre strizza gli occhi come per vedere attraverso la nebbia dei ricordi. «Di solito era lei che aveva le informazioni sui gioielli. Quindi direi lei. Potrei sbagliarmi, ma...»

Aurora guarda gli altri due.

Renato fa una smorfia indecifrabile.

«La Schinni, certo, e chi se la ricordava più?»

«Io me la ricordo» dice Belmondò. «Era una ragazza bellissima.»

«Ed è ancora...» accenna Aurora, non sapendo però come continuare.

«Viva?» taglia corto Renato, togliendola dall'imbarazzo. «Bella domanda.»

«Chi lo sa. Aveva vent'anni, l'ultima volta che l'abbiamo vista» risponde Ernesto.

«Patrizia Schinni, avete detto?» domanda Stefano, tirando fuori dalla tasca il telefonino.

Renato ridacchia.

«Che fai? Le telefoni?»

Stefano armeggia un po', poi gli mostra lo schermo: «No, la cerco sui social».

«Lascialo fare» dice Ernesto a Renato, che sta guardando il ragazzino come se avesse appena parlato in aramaico.

«Pensavo a lei l'altra sera» dice invece Belmondò. «Non è che ci sono rimasti tanti amici in giro... e magari, per piazzare la parure...»

«Bah, non so...»

«Non è che possiamo andare dal primo gioielliere che capita e chiedergli quanto ci dà per dei gioielli di quel genere! Un attimo e siamo di nuovo dietro le sbarre!»

Seguono alcuni lunghi minuti di attesa, dove ognuno se ne sta in compagnia dei suoi dubbi.

«Mah, Londra...» borbotta di tanto in tanto Renato.

«In ogni caso per andarci dobbiamo prima pensare a fare un po' di soldini...» commenta Belmondò, sfregando pollice e indice. «Quelli dell'Ernesto tra un po' finiscono. E non è che abbiamo proprio una gran pensione!»

«Potrebbe essere lei?» domanda Stefano, posando il cellulare nel mezzo del tavolo.

Sul video c'è il profilo di una donna dai capelli biondo chiaro, Patrizia Schinni Arboresi, sposata con un riccone, sciùra che più sciùra non si può.

«Sempre bella la Patty, eh?» osserva Belmondò, come se fosse importante.

Mentre quello che conta è che Stefano ha appena trovato la donna che cercavano.

14
Il ritorno della Patty

Ci vogliono tutta la pazienza di Aurora e la sua determinazione per convincere Ernesto, ma alla fine il vecchio capobanda capitola, e si fa un profilo Facebook sull'app del telefonino di Aurora.

Condivide il minimo delle informazioni necessarie, si fa scattare tre foto in croce – ha un brutto ricordo dell'ultima volta che gli hanno fatto una foto – e poi, il giorno dopo, manda un messaggio alla loro vecchia basista. Per decidere cosa scrivere, gli ci è voluta un'intera serata. E il risultato è stato: *Ciao, ti va di rivedere i tuoi vecchi amici? Ernesto Fumagalli.*

Patrizia Schinni Arboresi impiega tre giorni per rispondere e, quando lo fa, riempie il suo messaggio di emoticon.

«Ti ha mandato dei cuoricini» osserva Renato, stranito. «E delle facce. Mi sa che invecchiando...» e alzando una mano vicino alla tempia fa il segno delle rotelle fuori posto.

«No, tranquilli, è solo contenta di rivedervi» li rassicura Aurora. «Questa faccina significa che è stupita, questa che è contenta.»

«Quindi è andata bene?» domanda Ernesto, sfilandosi gli occhiali. «Dove ci vediamo?»

«Devi risponderle» dice Aurora. «Scrivile dove, quando, e a che ora.»

«È così che si fa adesso? Belmondò, dov'è che possiamo andare per incontrarci con la Patty?»

«Ragazzi, non lo so. Dove è che si va a bere un tè? C'è ancora la pasticceria Marchesi, in corso Magenta?»

«Sì che c'è, mia mamma ci va ogni tanto a comprare le paste!» annuisce Stefano.

«Quello era un posto chic. O anche Gattullo. O magari...»

Belmondò sciorina ancora qualche nome, di pasticcerie vive e di altre ormai defunte. Ernesto alla fine si spazientisce, anche di digitare su quelle lettere minuscole. Si sfila rabbiosamente gli occhiali e sostiene che le sue mani siano troppo grandi. Aurora, allora, recupera il telefonino, glielo avvicina al viso e gli ordina: «Parli».

«Come?»

«Registriamo un messaggio vocale. Così le dice quello che vuole, senza stare a scrivere.»

Ernesto fa stare zitti gli altri, poi, quando non vola neanche una mosca, parla. Gli sembra un po' strano parlare al telefono senza che ci sia qualcun altro che risponde, ma in qualche modo le propone di vedersi alle cinque del pomeriggio, alla pasticceria di corso Magenta.

Aurora lascia andare il microfono e spedisce il messaggio. La Patty risponde in pochi secondi.

«Le va bene.»

E così, a un quarto alle cinque, salgono tutti e quattro sullo stesso taxi, Renato e Belmondò seduti dietro, con Aurora nel mezzo, ed Ernesto davanti.

C'è stata qualche discussione se portare o meno la ragazzina, ma alla fine un'osservazione di Aurora li ha convinti: se la Schinni cambia idea o manda un qualsiasi messaggio dell'ultimo minuto, loro tre non hanno la minima possibilità di interpretarlo. Inoppugnabile!

Così entrano nella pasticceria a due a due e Belmondò aveva ragione: è ancora un posto di gran classe.

«Ommioddio!» esclama una voce, appena varcano la soglia. Nemmeno il tempo di levarsi il paltò.

Un'elegante signora si avvicina, spalanca le braccia e poi,

però, non appena i suoi vecchi amici si accorgono di lei e lei del tempo che è passato, si commuove.

«Patty...» le sorride Ernesto. E la raggiunge, un tantino emozionato anche lui, con il cappotto di traverso sul braccio. Si abbracciano.

«Non ci posso credere...» continua a ripetere la signora. «Siete voi. Proprio voi. Ernesto, Renato. Belm... volevo dire, Livio!»

E finalmente si accorge di Aurora.

«Ommioddio!» esclama la signora. «E tu?»

Aurora le tende la mano molto educatamente: «Molto piacere, signora Schinni. I nonni mi hanno parlato molto di lei».

«I nonni? Ma certo!» ripete lei, e intanto si asciuga una lacrima. «Che bella cosa... Ma chi di voi tre...?»

«Eh, lasciam perdere» taglia corto Ernesto. «È una questione un po' complicata.»

La signora Schinni lascia perdere, fa sedere, poi si siede, e accarezza amichevolmente la gamba di Ernesto da un lato e quella di Belmondò dall'altro. Lo fa senza alcuna malizia, più per essere sicura che siano davvero tutti lì, in carne e ossa.

«E così ti sei sposata?» le domandano, un tantino a bruciapelo. «E chi è il fortunato?»

«Oh, sì, sì» risponde lei, un tantino in imbarazzo. «Ma

niente di serio... tre figli, sei nipotini... cinque dei quali già scappati a Londra.»

«A Londra, guarda un po'» fa Renato. E poi, però, a questo punto non sa bene cosa aggiungere. «Quelli bravi, scappano via.»

La frase peggiora la situazione, che è di per sé già piuttosto delicata. Tutti sanno chi erano quando si conoscevano, sanno cosa ha interrotto la loro frequentazione, e poi non sanno più nulla dei quarant'anni successivi. Ernesto decide di mettere fine a quell'imbarazzante impasse prendendo le redini della conversazione, come in una normale rimpatriata.

Dove vive, come sta, e suo marito, i nipotini, no, lui sua figlia praticamente non la sente mai e che bello vedersi, dopo tutto questo tempo, è davvero una fortuna, dobbiamo festeggiare. Ordinano tè e pasticcini per tutti, tranne Renato, che ha scoperto di non digerire bene le creme e vorrebbe una fetta di panettone, se fosse stagione, ma non lo è, e quindi pasticcini anche lui, e se il padreterno lo vuole chiamare proprio adesso, per un bignè, che si faccia avanti. Il tempo di qualche altro convenevole, di versare il tè senza scottarsi e offrire le paste ad Aurora perché scelga per prima.

«Le conosci, tu, queste?» si lascia sfuggire la Patty, ma lei ci è abituata. Le rivela non solo di essere nata e cresciuta a Milano, ma anche che nel bar di suo papà ci sono le stesse paste, certo non così buone, ma insomma.

La Patty non sa più che pesci pigliare, ma è chiaramente incuriosita.

«Un bar, che bello!»

Poi, inevitabilmente, il discorso vira su come quel posto sia sempre uguale, e quante altre cose sono invece cambiate in città, dai bei tempi andati. Chi ha chiuso e chi no, chi è morto e chi se ne è andato, girando scrupolosamente alla larga dalla faccenda del Banco Ambrosiano e degli ergastoli.

Al tavolino ritorna poi il silenzio. Ed Ernesto lo prende come un segnale che è arrivato il momento di metter fine ai convenevoli.

«Aurora, qui, sa tutto della nostra… storia» dice allora.

La Patty scoppia allora di nuovo in un pianto a dirotto, vuoi perché le emozioni sono tante, vuoi perché non ci tiene per niente a essere associata a quegli anni. Dalla manicure al taglio di capelli che sfoggia si capisce che si è lasciata brillantemente alle spalle tutto il suo periodo giovanile. Ma dallo sguardo non si capisce quanto le sia costato reinventarsi come signora per bene. È sincera, però. Non rinnega nulla, non si chiama fuori. Anzi, appena si lascia un po' andare ammette di essersi sentita male per anni, pensando a loro. Pensando che avrebbe dovuto andare a trovarli al Due (è così che ai loro tempi, nel giro, si chiamava la prigione di San Vittore, perché l'Uno era il Beccaria, il carcere dei minorenni). E invece li ha lasciati soli. La verità, confessa la Patty, è che dopo quello che era successo, lei aveva paura.

Belmondò la consola, non c'è problema.

«Avevi tutto il diritto di rifarti una vita, Patty...» le dice, comprensivo. E anche lui sembra sincero. Non c'è traccia del risentimento o della rabbia che Aurora gli ha visto mostrare nei confronti dell'Ortiga. È Patty in persona ad accertarsene, guardandoli uno dopo l'altro. Ernesto le appoggia la vecchia manona robusta su quella ingioiellata e ce la lascia il tempo di farle fare un ultimo singhiozzo. E quando la leva, Renato, anche lui con gli occhi lucidi, singhiozza: «Contali, va', che con l'Ernesto non si sa mai».

Patty impiega un secondo a capire la battuta, poi si guarda gli anelli e sussulta facendo una mezza risata. L'atmosfera al tavolo si scioglie di colpo, come un blocco di ghiaccio caduto in mare. Fanno un secondo brindisi con le tazze di tè e a quel punto l'Ernesto chiede: «Però, dato che siamo qui, ci sono un paio di cose che volevamo chiederti, non è vero ragazzi? Proprio due. E poi non se ne parla più, d'accordo?».

Il mascara intorno agli occhi della signora Arboresi si è tutto macchiato, e lei vorrebbe andare a sistemarselo. Lo farebbe, se fosse con le altre persone che ora popolano la sua vita... ma la verità è che con quelle altre persone non le sarebbe mai successo di commuoversi così. E allora al diavolo il mascara.

«La prima cosa è che, sai, in tutti questi anni al fresco, e da innocenti, abbiamo continuato a pensarci, alla faccenda del direttore...» attacca Ernesto, a voce bassa. «E poi l'altro giorno salta su Aurora, che è incuriosita da queste vecchie storie, e ci chiede: ma com'è che vi è venuta l'idea di rubare proprio quella parure?»

Ernesto arrossisce impercettibilmente. «Allora, ecco, abbiam provato a ricordarcelo, e ci è tornato in mente che forse ce l'avevi data tu, la dritta. Tu ti ricordi?»

Patty fa un profondo respiro. È evidente che non è una domanda facile, anzi. Non lo è per niente. È come aprire una cassaforte in fondo al mare. Non basta essere bravo con le *marmote*. Devi prima immergerti e trattenere il fiato, nuotando come un pesce.

«C'entravano degli armatori greci, i Kornessis, se non sbaglio...» bisbiglia non appena emerge dalle sue profondità.

Profondità dove però quel ricordo, così carico di rimorsi e di dispiacere, non si è dissolto.

«La parure... si chiamava *La Celeste*, mi pare. E loro, o forse solo la moglie, erano in città per le sfilate di moda.»

Aspetta che l'azzimato camerierino si avvicini al tavolo e se ne vada, per proseguire. «Non si fidava delle casseforti degli alberghi, dicevano. E allora, durante il suo soggiorno, aveva chiesto che La Celeste venisse tenuta nel caveau di una banca. E venne scelto il Banco Ambrosiano di piazza Velasca.»

Ernesto annuisce più volte, durante la breve ricostruzione.

«E a noi, invece, chi l'ha fatta la soffiata?»

Patty fischia, pianissimo. E poi si nasconde le labbra con una mano, come stupendosi di saperlo ancora fare.

«Chi se lo ricorda, Ernesto... Qualcuno deve averlo fatto. C'era sempre qualcuno che saltava fuori con qualche idea. Le voci giravano come le barzellette: se eri nel giro giusto, eri il primo a cui le raccontavano. E noi c'eravamo, nel giro giusto.»

A quel punto la signora Schinni fissa imbarazzata Aurora, ma l'espressione della ragazzina è imperturbabile e partecipe al tempo stesso. Le sorride. La Patty finisce il suo tè. I tre vecchietti si muovono a disagio sulle poltroncine, in particolare Renato, al quale stare seduto sul design fa venire subito la sciatica.

«Però, adesso che mi ci fate pensare...» se ne esce all'improvviso la Patty, con un piccolo sussulto, «forse me lo ricordo, chi mi parlò di quella faccenda della moglie dell'armatore...»

Sul volto le si disegna un sorriso scaltro, di altri tempi, un sorriso da Patty, non da signora Arboresi.

«Il signor Colombo!» esclama, dando un colpetto sul tavolo con la mano ingioiellata.

«E chi era 'sto Colombo?!?» le fa eco Renato.

«Quello della Colombo Sorveglianza! Un'azienda di guardie giurate e furgoni portavalori» sputa subito fuori Ernesto, con la sua prodigiosa memoria. E poi aggiunge: «Pelatino, sempre vestito scuro, fumava il toscano».

A quel punto tutti e quattro i vecchi complici se lo ricordano, e fanno una smorfia. E Patty si fa più convinta: fu proprio lui a fornirle i dettagli.

«Era seccato di dover lavorare durante il fine settimana, e per accontentare quei miliardari. Mi disse che quella parure faceva luce a un chilometro di distanza.»

Mentre Patty rievoca quei momenti, è come se gli altri tre rivedessero sfilare davanti a loro tutte le illusioni che si erano fatti pensando a quel colpo. Scambiare quello sfavillio in lire sonanti.

«E qui, allora, c'è la seconda cosa che volevamo chiederti, Patty» mormora l'Ernesto.

Si sporge a sussurrarle qualcosa all'orecchio e Patty sgrana gli occhi, sorpresa. Si irrigidisce tutta, quasi che le parole dell'Ernesto l'avessero attraversata da capo a piedi come una scarica elettrica.

«Ma voi siete matti!» sbotta, e fa il gesto di alzarsi. Ernesto è costernato, Belmondò sorpreso, Renato accentua la sua solita smorfia pessimista. Ve l'avevo detto che non era un buona idea, sembra dire.

La Patty cerca la sua borsa, la manca un paio di volte, si alza e gli altri si affrettano, scricchiolando, a fare altrettanto. Perché ladri lo sono anche stati, ma mai di quelli che restano seduti se c'è una signora in piedi.

«Signora Arboresi, purtroppo, dopo quello che è successo, i nonni non hanno più molti amici in giro» interviene invece Aurora, calmissima, stile Cylla Stealth, dalla sua poltrona. «E un po' di... finanze in questo momento tornerebbero davvero utili.»

Si guardano. Il volto della Patty sembra essere andato a fuoco.

La donna allunga una mano per prendere il bigliettino dell'ordinazione, ma Ernesto glielo impedisce. Ha un sorriso stanco, imbarazzato, dignitoso.

Lei borbotta un mezzo saluto, tiene lo sguardo basso, fa il giro del tavolo e lancia una promessa a cui non crede neppure lei, di rivedersi qualche volta. Accenna a uscire, esce. I tre si siedono di nuovo, anzi, crollano.

Aurora è l'unica che, dalla sua posizione, continua a fissare la porta d'ingresso della pasticceria. La mano della signora Arboresi è ancora ferma sulla maniglia, la trattiene dall'andare via sul primo taxi. I vecchietti sospirano, un po' se lo aspettavano. Era un rischio. Renato indica lo scontrino e chiede quanto gli è costato farsi venire l'acidità di stomaco.

E poi, all'improvviso, la Patty è di nuovo lì.

«La vita di una sciùra, sapete, non è tutto 'sto gran divertimento...» dice, di punto in bianco. I tre riscattano in piedi, per quanto sia loro concesso di scattare. Lei si risiede, solleva il mento per chiedere un'altra ordinazione e questa volta prende un Martini, con l'oliva. Gli altri la seguono a ruota, tranne Aurora.

«Ci sarebbe quel gaglioffo del gioielliere Staderini» butta lì la Patty, come se per incanto fosse di nuovo il 1979, «che fa tanto il raffinato ma è un maneggione da paura, ve lo dico io!»

15
Colpi di scena prima di cena

La chiamata è arrivata un attimo prima che l'arrosto fosse servito a tavola, ma poiché a chiamare è stata Aurora, Stefano non ci pensa due volte. Avverte che torna subito, si lascia la porta aperta alle spalle e scende rapidamente i gradini della scala di casa sua facendo scivolare le suole a forma di drago. È sera, ormai, ma non accende le luci. Aurora lo aspetta nell'atrio, immobile come un informatore di un vecchio film di spie.

«Allora?» le domanda. Se non gliel'ha scritto per messaggio, vuol dire che non si fida nemmeno della crittografia di Coocoomber.

«Ho una cosa da chiederti. E da chiederti subito» risponde lei.

«Ok, ma com'è andata dal gioielliere?» la incalza Stefano.

«Dobbiamo apportare alcune modifiche alla nostra ricostruzione dei fatti» prosegue Aurora, ignorandolo. E subito dopo passa a Stefano i personaggini Lego di una coppia di contadini. È il meglio che è riuscita a trovare ma in realtà il lavoro nei campi non c'entra niente: la prima è la Patty, il secondo è il signor Colombo. Sono da aggiungere agli altri personaggi sulla cartina che per ora Stefano ha nascosto sotto il letto.

«Partiamo dalla cosa più facile» dice Aurora. «E cioè Colombo. È ancora vivo, un po' male in arnese, ma Renato è andato a parlargli.»

«Si saranno trovati bene.»

Aurora si guarda alle spalle. Lancia un'occhiata al Bar Jolli. Tiene aperto il portone che dà sulla strada con un piede. Anche lei non ha molto tempo.

«Ha confermato che la Patty, la basista del gruppo, si ricordava bene: è stato lui a parlarle della parure della moglie di un certo armatore greco, in visita a Milano per le sfilate. Le raccontò che sarebbe stata custodita per un paio di giorni nel caveau del Banco Ambrosiano. Migliorini era d'accordo e il signor Colombo si occupava del trasporto.»

Stefano annuisce. Ma intanto pensa anche un po' all'arrosto.

«E a questo punto c'è un flashback con colpo di scena» annuncia Aurora. «Sembra che Colombo, all'epoca, avesse una passioncella per il poker, e aveva accumulato un po' di debiti al gioco. Andava a giocare in una bisca che si chiamava Pussycat, in piazzale Maciachini.»

«Piazzale Maciachini... la aggiungo sulla mappa» annuisce Stefano.

«Ma non lo sapeva quasi nessuno, e soprattutto lui ci teneva a che non lo sapesse sua moglie, altrimenti, dice Renato, l'avrebbe messo a dormire direttamente nel furgone portavalori. Una sera, qualche giorno prima del fatidico incontro con la Patty, Colombo perde un altro po' di soldi al tavolo e viene avvicinato da un tizio che gli offre una bella sommetta per ripagare il debito, e viversela tranquilla. E indovina un po' chi era?»

«L'uomo in doppiopetto?» domanda Stefano. «O il tizio con gli occhiali scuri?»

«Bingo! Tutti e due insieme, a quanto pare» risponde Aurora. «E sai in cambio di che cosa gli offrono i soldi?»

Aurora non gli lascia il tempo di parlare e continua: «I due sanno che la signora Kornessis è in città per le sfilate, e gli dicono di raccontare a quella bella ragazza che ogni tanto lui frequenta, quella bionda, una piccola storiella su una certa parure custodita al Banco Ambrosiano di piazza Velasca. Ma chi, la Patty? chiede il signor Colombo. Ma siete impazziti? Quella frequenta certi ambienti mica tanto belli… E loro: appunto, Colombo, appunto. Lei faccia come le diciamo, niente domande. E se ne torni sereno da sua moglie…».

Stefano sgrana gli occhi.

«Gli fanno capire che gli conviene accettare, insomma.»

«Esatto. E così facendo si assicurano che la voce sulla parure La Celeste arrivi alla Banda del Gasometro. Proprio un colpo nel loro stile, un invito a nozze. E infatti…»

Stefano si deve appoggiare al muro. Nel farlo, schiaccia per errore il tasto dell'ascensore e si spaventa ancora di più.

«Wow» dice. «Una trappola veramente diabolica.»

«Oh, e non è finita» continua Aurora. «Oggi i vecchietti sono andati dal gioielliere, questo Staderini. Sta dalle parti di Moscova.»

«C'eri anche tu?»

«Preferivano di no. Ernesto è stato irremovibile.»

«Ha fatto bene» commenta Stefano.

«Immagina la faccia dello Staderini, quando gli hanno sventagliato sotto il naso la leggendaria parure La Celeste… Chiede di portarla sul retro del negozio per esaminarla. Ma non glielo lasciano fare.»

«E perché?»

«Per evitare che sostituisca qualche pietra. I diamanti, mi ha spiegato Belmondò, te li fai controllare sempre davanti agli occhi, senza perdere mai il contatto visivo con le pietre. E quindi fanno così. I nostri tirano fuori la parure dalla vecchia busta dov'era rimasta per quarant'anni e il gioielliere va a prendere i suoi strumenti per esaminare le gemme. E quando lo fa… bum!»

«Bum?»

«Sì, un altro colpo di scena, perché la parure… è falsa!» conclude Aurora, sganciando la bomba.

Stefano per poco non cade dentro all'ascensore, che nel frattempo è arrivato.

«*Falsa*? Ma come… come…»

Si porta una mano alla bocca e guarda Aurora.

«L'Ortiga?» sussurra. «L'ha sostituita con un falso?»

Aurora gli si avvicina. Scuote il capo. «È quello che ha pensato anche Renato. Ma poi anche lui ha cambiato idea. A che pro? Aveva fatto fortuna, era attanagliato dal rimorso, ha passato la vita a indagare e ha fatto in modo che loro sapessero quello che aveva scoperto… E poi la collana era ancora chiusa dentro la busta in cui l'avevano messa il giorno del furto. Chiusa, con i punti della pinzatrice ormai tutti arrugginiti. E sopra c'era il nome di una fabbrica che non esiste più da trent'anni… No, l'Ortiga nemmeno l'aveva aperta. Non aveva nessuna idea che la parure potesse essere falsa, e quindi semplicemente ha rimesso nella scatola quello che i suoi vecchi compagni ci avevano infilato nel ’79, senza nemmeno pensarci.

«Quindi vuoi dire… che era falsa fin dall’inizio?» balbetta Stefano. «Che quei tre hanno fatto quarant’anni di galera per *non* aver ucciso il direttore della banca e… per aver rubato dei gioielli *falsi*?»

«Falsissimi. Come tutta quella storia della moglie dell’armatore greco: solo uno specchietto per le allodole, per incastrare la banda!» conferma Aurora, con gli occhi che le brillano per l’emozione. E anche quelli di Stefano luccicano allo stesso modo.

Fanno entrambi un profondo respiro. Sanno di dover tornare, di corsa, alle rispettive famiglie e agli obblighi di normalità da rispettare. Ma c’è ancora una cosa.

«Quindi cos’è che ti serve? A parte che sistemi la nostra mappa?»

«Ehm… ci presteresti il tuo tablet?» domanda Aurora.

«Il tablet? E perché?»

16
Dalla Bovisa a Notting Hill

Quello che Stefano non immaginava ancora era che i tre vecchietti si fossero ringalluzziti a tal punto. E che la loro vecchia amica Patty, ascoltando tutto quello che avevano da raccontare, ne fosse rimasta, per così dire, stregata. Criminali, furti, San Vittore, Servizi Segreti, incastri, tradimenti, lettere nascoste nei muri, gioielli falsi e, soprattutto, la suggestione che il cattivo più cattivo di tutti fosse un tizio che portava una giacca doppiopetto – quelle proprio non si potevano più vedere! – avevano scoperchiato qualcosa nell'animo sornione della loro vecchia basista. Una certa voglia di pericolo, di rischio, di avventura. Un po' di sapore nelle sue giornate, che per una volta non fosse quello delle vetrine di corso Como.

E poi era arrivata la bomba: dopo la scoperta che la collana era falsa si erano infatti ritrovati a terra, appiattiti, sconcertati. Avevano chiesto una seconda valutazione a un altro gioielliere, un tizio di fuori città, dalle parti di Pavia.

Tuttavia, sulla via del ritorno, mentre i tre raccontavano e la Patty ascoltava, finalmente tranquilli che nessuno potesse riconoscerli, si scoprirono molto meno a terra di quanto avessero pensato in un primo momento. Il fatto che la collana fosse falsa chiudeva il cerchio: ora avevano la prova tangibile di essere stati vittime di un grande inganno, fin dall'inizio. Un inganno in cui anche l'Ortiga, che pur restava un traditore, era rimasto invischiato. E in cui il signor Colombo aveva avuto un ruolo importante, pur senza saperne, in fin dei conti, un fico secco. Tutto era stato orchestrato dalla stessa persona, o dallo stesso gruppo, con l'unico scopo di eliminare il *problema G.M.*, ossia il dottor Migliorini, chiaramente non gradito a qualcuno, lassù nelle alte sfere. E tutto ciò scaricando la colpa su una banda di criminali, una delle tante che imperversavano in città in quegli anni violenti.

Ma allora chi aveva incastrato la Banda del Gasometro? Chi aveva fatto fuori il povero Giulio Migliorini? E perché? Domande, domande, domande... Ce n'erano abbastanza da impazzire e invece quello era il momento di essere concreti, di concentrarsi sull'unica pista che avevano: Little Raven. Il che significava Londra. E in quel frangente la presenza di Patty si era dimostrata determinante. Si era detta colpita dall'intuizione di Aurora e aveva quindi appoggiato l'idea che davvero ci potesse essere un collegamento internazionale con questa sedicente piccola e praticamente sconosciuta casa editrice londinese. Quindi aveva fatto il passo successivo: aveva comprato con la carta di credito del marito – che tanto era ricco e non controllava mai – tre biglietti per la capitale inglese, così da evitare all'Ernesto e al Belmondò (il Renato si era categoricamente rifiutato di partire!) l'imbarazzo di non saper come fare a prendere un aereo e raggiungere Richmond, quel quartiere chic della città. I patti erano chiari: lei li avrebbe portati a Heathrow, aeroporto di Londra, e da lì in taxi fino a Richmond, dove i due sarebbero arrivati per conto loro a indagare sulla misteriosa Little Raven. La Patty sarebbe poi andata a trovare i nipotini. Ognuno per sé, casomai all'Ernesto fosse venuto in mente di farsi ammanettare da un agente speciale della Regina e al Belmondò di sedurre una hostess di British Airways. Al ritorno, tutti di nuovo insieme per raccontarsi com'erano andate le cose. Nel mezzo, quindi, tra il momento in cui Ernesto e Belmondò sarebbero scesi dal taxi a Richmond e quello in cui avrebbero raggiunto la sede della Little Raven, serviva il tablet di Stefano. Per la mappa, Skype e, insomma, tenersi in contatto.

Ma non è che stia andando molto bene.

«Mi senti, Ernesto?» dice Aurora al microfono.

«No, non devi mettere il tablet vicino all'orecchio!»

Stefano si nasconde la faccia. Il suo povero schermo! Ma Aurora è tranquilla, metodica.

«No! Infila le cuffie, le cuffie! C'è un buchino, nella parte corta, no, l'altro, quella è l'alimentazione!»

«Mi sentite, adesso?» gracchia la faccia di Ernesto, dallo schermo.

Aurora lo saluta dalla loro postazione in camera di Stefano. È molto elegante, in un impermeabile da perfetto agente segreto. Così come Belmondò, che sotto all'inseparabile Borsalino ha una camicia azzurra e un completo grigio di altri tempi, che potrebbe essere stato cucito addosso a Richard Burton, per una scena di *La spia che venne dal freddo*.

«Guarda che roba, Livio!» esclama l'Ernesto, girando lo schermo verso l'amico. Quella roba che si possono parlare e vedere al tempo stesso, da due Paesi diversi, ancora gli sembra incredibile. Come non capisce che non deve ruotare il tablet mentre guarda Google Maps, per sapere in che direzione andare. Aurora si fa raccontare il viaggio e gli spiega, per l'ennesima volta, come gestire il dispositivo in modo da continuare a riprendere in modo discreto quello che succede. Attraverso il video ballonzolante, Stefano e Aurora li seguono mentre percorrono una via di case bianche alte due piani, in leggera salita. Da un lato un pub elegante, seguito da un fiorista. Dall'altro, un parco.

Alla prima svolta, Belmondò lascia perdere la tecnologia per ricorrere all'unico mezzo di orientamento che conosce: chiedere a un passante. E poiché non spiccica una parola di inglese, fa quello che tutta quella generazione di italiani ha sempre fatto per farsi capire fuori dai confini nazionali. Ripete la domanda più volte, parlando sempre più lento, ma anche sempre più concitato, aggiungendo alle parole tutta una serie di gesti.

«È la prima a destra» prova a suggerire Aurora all'auricolare di Ernesto. Ma lui aspetta comunque che Belmondò abbia finito, senza successo, la sua piccola pantomima.

Prendono finalmente la prima a destra, la percorrono fino al numero nove. Guardano e riguardano la targhetta con sopra scritto LITTLE RAVEN PUBLISHING. Annuiscono, guardano ancora.

E alla fine suonano il campanello.

«Ci siamo» mormora Aurora.

Ma Stefano ha ormai smesso di guardare lo schermo, e non perché Ernesto continua a muovere la telecamera come una foca ammaestrata. Ha drizzato le antenne, perché è successo qualcosa che non avevano calcolato: sua mamma è rientrata prima.

«Abbandonare le postazioni! Presto!» sussurra, correndo alla porta di camera sua per sbirciare fuori.

Maledizione, pensa Aurora. Questa proprio non ci voleva. Non nel momento esatto in cui i nostri entrano nel covo del nemico.

«Ernesto, aspetta!» prova a dire nell'auricolare. «Dobbiamo spostarci, è arrivata la mamma di...»

Ma è troppo tardi. La signora Lancini irrompe con la consueta verve nella camera dei ragazzi, offrendo loro una merenda che non vogliono, e Aurora chiude di scatto il portatile e dichiara che – sfortuna nera! – deve proprio scappare.

Stefano è mortificato, allarmato, agitato, ma la accompagna alla porta in modo che la ragazzina debba perdere il minor tempo possibile. Che cosa starà succedendo, intanto, ai loro agenti segreti nella capitale britannica? Quelli della casa editrice avranno aperto la porta? Se sì, cosa hanno detto, e chi sono?

Aurora bofonchia un saluto affrettato, poi scende le belle scale di marmo saltando due gradini per volta, apre il portone, attraversa la strada senza nemmeno guardare – e meno male che non passano macchine – e, con il cuore in gola, riconquista la sua posizione nell'ufficio del bar di famiglia.

Il computer si accende con una lentezza esasperante, per fortuna una decina di clienti tengono impegnato suo papà.

«Forza, forza! Connettiti!» esclama Aurora, mentre il cursore del mouse gira a vuoto e l'imbuto a strisce del wi-fi fatica a trovare la rete del Jolli.

Dopo un po' di sofferenza è finalmente online. Lancia il programma di videochiamata e, mentre effettua il login, controlla l'orologio. Le sei e un quarto ora italiana, le cinque e quindici inglesi. Sono passati solo sette minuti da quando ha dovuto interrompere le comunicazioni, ma potrebbero essere stati decisivi. Il suo ruolo era di traduttrice e interprete, nonché di sguardo aggiunto a quelli di Ernesto e Belmondò, per scoprire più dettagli possibile. E invece...

«Forza!»

Ecco che il programma si apre, l'immagine ritorna. Aurora si infila le cuffie e alza il volume.

Cucchiaini d'argento.

È questo il primo suono che sente: quello di un cucchiaino d'argento che sbatte, delicatamente, su una tazzina.

«Ernesto?» balbetta la ragazza.

L'immagine si mette a fuoco, si sposta. Un salottino. Moquette grigia per terra, un bovindo, due poltroncine. E, nel mezzo, un tavolino con tre tazze da tè. Stanno prendendo il tè?!?

Aurora sospira. Non può crederci.

«Va tutto bene?» domanda.

Attraverso le cuffie, le arriva la voce di Belmondò, tutta allegra.

«Eccome se me lo ricordo, il Giorgio Gaber!» sta dicendo. E intanto dà di gomito all'amico. «E pensi che noi siamo andati a sentirlo diverse volte al Piccolo Teatro! Noi eravamo più gente da sale da ballo, ma il Gaber ci piaceva proprio, vero?»

Ernesto annuisce, sospira, ricorda il passato.

«Chi è quella signora?» domanda Aurora, nell'auricolare. Attraverso il tablet vede che a offrire loro il tè è una bella signora di una certa età, inglese, deduce Aurora dal suo italiano stentato, ma felice. Ha i capelli bianchi, la dentatura pronunciata e un paio di scarpe molto castigate che, più Belmondò parla e la incanta con i ricordi di questo o quel concerto degli anni passati, più fatica a tenere nei piedi. Alla fine, se le sfila e le spinge sotto al divano.

È Maude, la proprietaria della casa editrice. Il marito, l'italiano, è morto. E lei tiene aperta la redazione, legge qualche libro, aiuta gli autori come può, tranquilla, senza fare tante pressioni.

«Ah, l'Italia!» sospira, tra una cosa e l'altra, ricordando il cibo, il sole e la sua gioventù.

«Fate attenzione a quel che dice...» mormora Aurora. «Date un'occhiata in giro...»

Ed Ernesto ubbidisce, paziente. Più che una casa editrice, è la casa di una vecchia signora inglese un po' eccentrica. Grandi piante fuori e dentro, una montagna di scarpe all'ingresso, un computer che pare abbia vent'anni e scatoloni pieni di manoscritti. Buste, etichette e una seconda signora, forse ancora più suonata, che si occupa di corrispondenza, spedizioni e faccende del genere. E che non parla una parola di italiano, anzi, guarda i due vecchietti con sospetto e malcelato disprezzo e, probabilmente, finge di lavorare con la signora Maude solo perché è una vicina di casa che si annoia.

«Ci deve essere qualcosa da qualche parte, una porticina strana, un indizio...» insiste la ragazzina.

Maude mostra le fotografie appese al muro e intanto racconta dei successi della Little Raven. Che non esistono. In quasi cinquant'anni di attività, pare che non abbiano mai centrato, neppure per caso, un titolo di qualche minimo interesse. Eppure, sembrano contenti.

I bagni della casa sono minuscoli. Il giardino sul retro è pieno di ghirlande appese e di vetrini scintillanti. Il dettaglio che più avvicina quel luogo a un covo di pericolosi killer internazionali sono i tre scalini che scendono nel giardino sul retro, tutti sconnessi e sbrecciati. Ernesto, in effetti, ci rischia la vita. Allora Maude si lamenta che prima o poi dovrà farli sistemare. Ma è la classica cosa che faceva suo marito, e lei, da quando è rimasta sola...

Poco ci manca che Belmondò chieda dove può procurarsi del cemento e si offra di pensarci lui.

«È tutta una messinscena, non capite?» sbraita Aurora nell'orecchio di Ernesto. «Guardatela! È una donna perfida, sono cinquant'anni che tiene in piedi quella copertura! Chissà quanto la pagano per mantenere tutti quei segreti!»

All'ennesimo consiglio di non fidarsi e di stare in guardia, Ernesto si sfila l'auricolare dall'orecchio e punta il tablet verso di sé, come per farsi un selfie. O un autoscatto, come direbbe lui.

«Stammi bene a sentire, Aurora» sillaba, esasperato. «Questa signora qui non c'entra niente con i killer internazionali. Te lo assicuro!»

«Ti rendi conto che è addestrata per farti pensare esattamente questo?» ribatte la ragazzina, ostinata. Chi, se non qualcuno che nasconde un'anima nera, potrebbe mettere quella moquette per terra, anche nel bagno?

La connessione si interrompe all'improvviso, o forse è

Ernesto a troncarla, pigiando il tasto sbagliato. Fatto sta che Aurora, nella penombra del suo ufficio, ha un diavolo per capello. Liwei sta passando in rassegna gli ingredienti per i suoi famosi tramezzini. Controlla che tutto sia pronto per il giorno dopo, quando, molto presto, si metterà a prepararli, con gesti misurati ed eleganti: impilare, farcire, tagliare, avvolgere nel cellophane. Ha impiegato quasi un anno a convincere i clienti ad assaggiarli: li guardavano con sospetto, non credevano che un barista cinese sapesse farli. Poi, però, Aurora gli ha dato la dritta giusta: una volta che un gruppetto di giovani era arrivato a prendere l'aperitivo, insieme ai normali stuzzichini Liwei aveva portato loro anche i tramezzini. Li avevano divorati con gusto e ne avevano chiesti altri, e a poco a poco Liwei aveva cominciato a sbizzarrirsi, inventandone altri con decine di ingredienti diversi. Aveva poi avuto la grande pensata di dare loro nomi esotici tipo il tramezzino Shanghai, il Confucio, l'Arte della Guerra, la Muraglia e di lì a poco erano diventati piuttosto conosciuti e ricercati in tutta la zona. I tramezzini del cinese, li chiamano adesso. Ad Aurora quella storia ricorda sempre quella di Lord Montagu, il Conte di Sandwich, che una volta aveva domandato una fetta di arrosto fredda tra due fette di pane per poter pranzare senza lasciare il tavolo da gioco. Inventando così ciò che tutti sappiamo. Aurora lascia che il suo pensiero indugi ancora un po' sulla nascita dei sandwich e poi sospira, cercando di ristabilire il contatto con Ernesto.

Macché, niente da fare.

Aurora si sente un po' frustrata, affaticata. Si aggira per il bar cercando di far finta che tutto sia normale, mentre Liwei richiude nelle loro scatole per alimenti le uova sode, l'insalata, l'arrosto di tacchino e la salsina piccante segreta dei tramezzini Marco Polo. Ha talmente bisogno di scaricarsi un po' che prende dallo sgabuzzino la scopa e spazza tutto il pavimento, meticolosamente, come piace fare a lei, seguendo un percorso ben preciso. La polvere di Milano si accumula in una sottile strisciolina grigia ramazzata dopo ramazzata e quell'attività lenta e cadenzata riesce a calmarla. È quasi un mese, ormai, che ha conosciuto i tre della banda. Quasi quattro settimane che il suo cervello pensa alla loro vicenda, alle persone coinvolte, alle loro relazioni, alla trappola. Ma, per la prima volta, quella sera, capisce davvero cosa intende l'Ortiga, nella sua lettera, quando scrive della bolla di silenzio che circonda, anche dopo quarant'anni, il delitto Migliorini. C'è una parola italiana che all'orecchio di Aurora ha sempre avuto un suono un po' sinistro: omertà. Il silenzio che ti rende complice. Che tu sia un criminale o che ti piaccia professarti «una persona per bene».

Padre e figlia finiscono più o meno insieme. Lei rimette a posto la scopa e Liwei si stiracchia, stanco. Chiede ad Aurora di recuperare il telecomando e spegnere la televisione, sempre accesa, in un angolo in alto del piccolo bar. Aurora recupera il telecomando tra due cuscini, e lo punta verso lo schermo. C'è il mezzo busto del telegiornale: Liwei lascia sempre il canale delle notizie, così, anche se non le sente, di tanto in tanto le legge nei sottotitoli. Ma questo è il momento della rubrica sui libri e, guarda caso, c'è il solito senatore Corvino, che pontifica presentando il suo *Speranza italiana.* Onnipresente, quel tizio. Che poi tu guarda la coincidenza, pensa Aurora, mentre quasi le viene da ridere, questo tizio si chiama Corvino.

Un *piccolo corvo.*

Little Raven.

Ehi, un momento...

Cos'è che dicevano i vecchietti? Roba da *alte sfere.* E un senatore non c'è forse conficcato a piè pari, nelle alte sfere? Il mezzo sorriso le si gela sulla faccia, i suoi occhi si spalancano.

«Aurora? Andiamo?» le domanda Liwei, indossando la giacca a vento.

Il dito di Aurora è fermo sul tasto che spegne il televisore, come su un grilletto. Il telecomando è puntato contro la giacca doppiopetto del senatore Corvino, che sorride alla telecamera. Aurora non riesce a premere fino a quando l'immagine del senatore non scompare dal video, sostituita dalla sfrecciante auto di una pubblicità.

«Un attimo, papà!» esclama. Torna nel suo ufficio, spalanca il computer e scrive nella finestra di ricerca di GiddyGoose: «Adelmo Corvino».

Ha settantatré anni ed è considerato uno dei grandi vecchi della politica italiana. Membro del partito X, segretario di Y, capo della commissione Z… Va bene, ma non è quello che Aurora sta cercando. Gira la rotellina del mouse freneticamente. Va a ritroso nella sua carriera politica. Primi anni. Corvino è un giovane, oscuro funzionario di partito, la cui carriera politica decolla alla fine del 1979, quando viene nominato bla bla bla…

Aurora smette di leggere. Il cuore le batte un colpo a vuoto. I suoi occhi scorrono indietro alla riga superiore e si soffermano su quel «1979».

Mille.

Novecento.

Settantanove.

Lo stesso anno del fattaccio di piazza Velasca. Aurora è come paralizzata davanti alla fotografia del senatore. E, a questo punto, non le restano più molti dubbi. Ernesto e

Belmondò hanno quasi certamente ragione: la piccola casa editrice della signora Maude non c'entra proprio un bel niente con quella storia. È in tutt'altra direzione che bisogna guardare. E Aurora adesso ha la sensazione di sapere quale.

17
La versione di Barigazzi

I tre vecchietti si muovono tra gli scaffali della biblioteca comunale di Dergano come i proverbiali elefanti nel negozio di cristalleria. Quando individuano il tavolo defilato a cui sono seduti Aurora e Stefano tirano un lungo sospiro di sollievo.

«Stanno sempre tutti così zitti?» domanda Belmondò ai due ragazzi, sedendosi. Attorno a loro ci sono gruppetti di studenti di tutte le età, col naso affondato tra le pagine, protetti da piccole barriere di libri impilati. C'è un brusio soffuso, nessuno alza la voce. Solo, di tanto in tanto, si sente rombare la macchinetta del caffè sotto le scale.

Ernesto dice qualcosa su tutti quei libri che lo circondano, ne è intimorito. Lui ha passato gli anni della galera a leggere, ed è l'unico della banda a conoscere la sensazione di non sapere. Ha scoperto, già da un pezzo, che il fastidio che provava per i libri di scuola quando era giovane non gli ha reso un buon servizio. E la cosa non smette mai di metterlo a disagio: se avesse studiato un po' di più, quando poteva, forse adesso non sarebbe ridotto così. Ad avere timore di una biblioteca di quartiere.

«Quest'aria condizionata finirà per uccidermi» commenta invece Renato, guardando con sospetto i bocchettoni grigi dell'impianto.

«Allora» dice l'Ernesto. «Che cosa abbiamo, qui?»

La risposta è: un faldone di fogli stampati, e altri registri che non possono essere portati fuori dalla biblioteca. Per questo Aurora li ha convocati tutti e tre lì. Lei e Stefano hanno passato i tre giorni precedenti a cercare tra i vecchi articoli di giornale, hanno persino usato la macchina per i microfilm che si trova sul retro, e quel faldone è il risultato del loro lavoro. Sotto gli occhi dei tre vecchi rapinatori passano, di nuovo, gli articoli di nera di quelle settimane.

«Non sono sicuro di voler rileggere questa robaccia» ringhia Renato, non appena riconosce i titoli della *Notte* e del *Corriere della Sera. La Banda del Gasometro uccide direttore di banca. Morte al Banco Ambrosiano. Tragico epilogo di una rapina a mano armata.*

«Lo so, lo so, ma aspettate un attimo...» insiste Aurora, cercando la pagina giusta. «Vi dice qualcosa il nome di Massimo Barigazzi?»

I tre si guardano, incerti.

La memoria non è più quella di un tempo, nemmeno per Ernesto, che però è l'unico che mette su gli occhiali e risponde: «Fammi un po' vedere. Dove sta scritto?».

«Qui» gli indica Stefano, puntando il nome del cronista della *Notte* in calce a un articolo.

Delitto Migliorini: molti i punti interrogativi.

Ernesto legge a bassa voce a beneficio degli altri. E a poco a poco la memoria torna a tutti e tre. L'autore del pezzo mette in dubbio alcuni degli aspetti dell'inchiesta. Fa notare che, nei mesi precedenti alla sua uccisione, dai vertici del Banco Ambrosiano erano arrivate due diverse sollecitazioni per spostare il dottor Migliorini a un altro incarico all'interno del gruppo bancario, incarico che tuttavia lui aveva rifiutato, sollevando pure un bel polverone politico. Barigazzi riporta poi delle voci secondo le quali il Banco Ambrosiano veniva usato per giri di soldi poco puliti. Qualcuno parlava di criminalità organizzata, qualcuno dei Servizi Segreti e altri ancora tiravano in ballo entrambi.

«Me lo ricordo, questo giornalista» fa l'Ernesto, a quel punto. «Ce ne parlò il nostro avvocato, vi ricordate?»

«Era un cane sciolto, però...» dice Renato.

«E anche l'unico che provò un po' a mettere in dubbio la versione ufficiale» aggiunge Ernesto.

Aurora annuisce.

«Abbiamo trovato solo sei articoli firmati da lui. E il tono è più o meno sempre lo stesso. Semina un po' di dubbi qua e là, suggerisce che la facilità con cui siete riusciti a entrare in quella banca sia un po' sospetta. Quasi che qualcuno volesse farvici entrare. E in tre dei suoi articoli dipinge Migliorini come un uomo *scomodo*, che non si prestava a certi loschi maneggi. Ed ecco che arriviamo al punto decisivo: anche se con molta cautela, Barigazzi adombra, diverse volte, che quei loschi maneggi coinvolgessero una parte dei Servizi Segreti italiani e il partito politico da cui era manovrata... guarda caso lo stesso partito che aveva un paio dei suoi ai vertici del Banco Ambrosiano. E guarda caso anche il partito dell'allora giovane e scalpitante Adelmo Corvino, che l'anno successivo ai fatti di piazza Velasca viene inaspettatamente candidato alle elezioni regionali, scavalcando un sacco di gente più esperta di lui all'interno del suo gruppo. Tre anni dopo, Corvino sedeva già in Parlamento.»

«E c'è rimasto fino a oggi! Infatti è sempre in tv a rompere l'anima col suo libro della malora!» gracchia Belmondò.

«Già, ma non è questa l'informazione più importante

che abbiamo scoperto» dice ancora Aurora. «Anzi, che ha scoperto Stefano...»

Il ragazzino arrossisce come un pomodoro, si stropiccia i capelli e fa il modesto, ma in effetti a cercare dati sul computer sa di essere bravo. Bravo, ma timido.

«Lo dici anche a noi?» lo incalza Ernesto, un tantino spazientito. Il suo umore non ha tratto particolare giovamento dall'inutile trasferta a Londra, dai due aerei e dai terribili biscottini al burro della signora Maude. Vorrebbe insomma capire se sono davanti a un'altra idea campata in aria oppure, questa volta, hanno qualcosa di più sostanzioso di un semplice gioco di parole: Corvino, piccolo corvo, Little Raven.

«Ok» dice Stefano. «La scoperta, in realtà, non è una vera scoperta...»

«Ecco. Cominciamo bene» sfiata Renato. Ma Stefano prosegue senza farci caso.

«È più che altro una constatazione.»

A quel punto sventola davanti ai vecchietti il faldone con gli articoli della *Notte.*

«Questi sono gli articoli che Massimo Barigazzi scrive prima del fattaccio...»

«Tanta roba» fa Ernesto, togliendosi gli occhiali.

«Esatto. È un giornalista d'inchiesta promettente e con

una certa visibilità. C'è un suo articolo ogni settimana. A volte, quando segue certi processi, è lui a fare il corrispondente dal tribunale e firma un servizio al giorno, con titoli che finiscono abbastanza spesso in prima pagina. Ma poi, a un certo punto, alla fine del 1980, non scrive praticamente più niente. Nessuna inchiesta, nessun caso importante. Niente sulla *Notte*, il suo giornale. Né sul *Corriere*. Lo troviamo, due anni dopo, a scrivere di calcio sull'*Eco di Bergamo*.»

«Non esattamente una promozione» nota l'Ernesto.

«È quello che abbiamo pensato anche noi» annuisce Aurora. «Prima dei fatti del Banco Ambrosiano, il Barigazzi è un cronista di punta di nera. Subito dopo l'articolo che vi ho fatto leggere, in sostanza smette di lavorare.»

«Un po' strano, direi...»

«Più che strano!» sbotta Ernesto, tirando su con il naso. «Ci sono due motivi per cui un giornalista smette di scrivere» afferma, agitando in aria una mano. «Il primo è perché il suo giornale ha scoperto che si è inventato tutto, o qualcuno l'ha denunciato per diffamazione, e ha vinto.»

«E il secondo?» gli chiede Renato.

«È perché ha scritto troppe verità, il che, a volte, è ancora più pericoloso.»

Aurora è raggiante. È esattamente quello che hanno pensato anche lei e Stefano.

«Dici che quindi c'era della ruggine tra Migliorini e il partito del Corvino?» domanda Belmondò.

«Si vede che non gli stavan bene le porcherie che faceva quella gente usando la sua banca… E trac! Lo hanno sistemato» borbotta Renato.

«E noi ci siamo capitati in mezzo?»

«Ci hanno *buttati* in mezzo! Spinti con due mani, altro che!» fa Belmondò.

«Bisognerebbe sentire cosa ne pensa il Barigazzi, se c'è ancora» sospira Ernesto.

Renato infila uno sguardo tra le dita di Stefano. «Non è che l'hai cercato in quel fesbu o com'è che si chiama?»

Stefano annuisce, timido. E ammette: «Sì. Ma è morto più di vent'anni fa, purtroppo».

Renato batte la mano sul tavolo, facendo girare alcuni degli studenti. «La solita sfortuna!» esclama.

«E cosa pretendevi? Sono passati quarant'anni, ormai.»

«Be', la Patty è ancora in forma, per dire. Poteva tener duro ancora un po' anche il Barigazzi. Non è che chiedessimo tanto.»

«Però un attimo: c'è ancora la figlia» interviene Aurora, e consegna ai tre vecchietti un foglietto con un indirizzo di corso XXII Marzo e un nome: Benedetta Barigazzi.

«Ha un'associazione culturale che si occupa di favorire l'integrazione dei bambini che provengono da altre culture.»

I tre vecchietti si passano l'indirizzo.

«Anche quelli che in realtà sono nati a Milano?» domanda Ernesto, come sempre il più veloce a mettersi sulla frequenza d'onda di Aurora.

«Possiamo provare a chiederglielo» sorride lei.

18
Veduta montana con sorpresa

E così fanno. Pista sbagliata per pista sbagliata, non hanno niente da perdere. E, soprattutto, sono molto, ma molto arrabbiati. Con la scusa di voler parlare della situazione della nipotina cinese adottata, Ernesto e Belmondò riescono a farsi dare appuntamento dalla impegnatissima signora Barigazzi. A far cosa, poi, non si capisce molto. In ogni caso, dagli e ridagli, si presentano a casa sua la settimana successiva, puliti e profumati: sembrano esattamente quello che dicono di essere, i due nonni preoccupati che l'amata nipotina abbia problemi a scuola. La nipotina in questione, poi, se mai servisse, è pronta a snocciolare un po' di ragioni. Ha nella sua memoria tutto il campionario di piccole cattiverie che il Pere e il Garla le hanno riservato nel corso degli ultimi anni. E non intende dire niente di come si sia abbondantemente vendicata dentro Showdown.

Benedetta Barigazzi è una bella signora di cinquant'anni, che li accoglie nella metà dell'appartamento che ha dedicato alla sua associazione. Si siedono sulle comode poltrone color senape, fanno le necessarie presentazioni, lei offre una caramellina allo zucchero ad Aurora, che rifiuta, e dopo un po' di convenevoli vengono al punto.

«La verità, signora Barigazzi…» attacca Ernesto «è che vorremmo chiederle alcune cose su suo padre.»

La richiesta, così improvvisa, rischia di far saltare il tavolo ma, come abbiamo detto, a questo punto della faccenda nessuno dei tre ex rapinatori ha più molta voglia di perdere tempo. La parte bella della vita se la sono già giocata, e non per colpa loro. Tanto vale provare a spingere quella che rimane nella direzione giusta.

La signora Benedetta esita, è chiaramente contrariata, ma Belmondò rispolvera il suo miglior savoir-faire e in quattro e quattr'otto non solo la tranquillizza, ma riesce anche a farla ridere.

Le spiega per filo e per segno, almeno per quel filo e quel segno che hanno deciso di raccontarle, chi sono e quanto sono stati importanti gli articoli di suo padre per la loro vita. Belmondò non fa tanti giri di parole: le dice che sono stati in galera, le ribadisce che si sono sempre professati innocenti, e che nei fatti di piazza Velasca c'era qualcosa di molto più grande e complicato della loro rapina. Qualcosa che suo padre aveva intercettato.

«La domanda, signora, se può risponderci» conclude Ernesto, dopo un quarto d'ora di quel racconto, durante il quale la signora non ha nemmeno risposto al telefono pur di restare ad ascoltare, «è se suo padre le avesse mai fatto qualche confidenza in più, detto qualcosa che non sappiamo. Fatto qualche nome.»

«Tipo quello di qualche politico, ad esempio» abbozza Belmondò.

«Che so, Adelmo Corvino, ad esempio» conclude Aurora.

Benedetta Barigazzi è colpita, questo è certo. Ma a differenza di Patty, non ha alcuna ragione di vergognarsi del suo passato, o di suo padre. Anzi. Condivide la frustrazione dell'Ernesto e del Livio. Posa la cartellina dell'associazione con i moduli che aveva intenzione di far compilare loro, e si alza in piedi.

«Venite con me» dice.

L'appartamento in cui vive è quello in cui è cresciuta. Un ultimo piano da cui si vede, in fondo, piazza Cinque Giornate. C'è una bella luce, sopra i tetti di Milano e sopra gli alberi secolari del viale, o sopra gli ultimi che sono sopravvissuti

vissuti, almeno. Il tram sferraglia in basso, ma al quinto piano il suono arriva ovattato, come sullo sfondo di una scena di un film. Benedetta Barigazzi percorre tutto il grande appartamento, saluta un grande gatto che non appena vede gli altri tre scappa a nascondersi e infine apre la porta, sulla sinistra, di una camera affacciata sul cortile interno.

«Questo è lo studio di papà» dice, facendo strada. «È ancora come l'ha lasciato. Non mi sono sposata, non ho figli, per cui non ho mai dovuto cambiare niente. Qui.»

I tre entrano in punta di piedi, come in un piccolo santuario. C'è ancora un remoto odore di tabacco da pipa. Una poltrona di pelle screpolata, una lampada a stelo, un soffice tappeto, scaffali pieni di libri, una scrivania semplice, una Olivetti Comma 22, la laurea e alcuni diplomi appesi ai montanti della libreria. Un premio Montanelli. Un'onorificenza della città, alla carriera. Un tavolino pieno di fotografie. Cinque o sei quadri di paesaggi di montagna, incorniciati in oro. Per terra, sull'angolo del tappeto, ancora una pila di giornali.

«Mio padre ha trascorso qui dentro gran parte dei suoi ultimi anni» ricorda Benedetta, con grande affetto. «Stava seduto in poltrona, leggeva e scuoteva la testa. Diceva che ormai gli sembrava tutta una gara a chi era più cialtrone.»

Sorride.

«E imprecava tutte le volte che in televisione compariva *lui*» aggiunge, guardando Aurora. «Adelmo Corvino, l'onorevole e poi senatore Corvino. Era forse la persona che detestava più di tutte.»

«E le ha mai detto perché?»

«Perché era un farabutto della peggior specie, così diceva mio papà. E mi metteva in guardia, anzi, più che mettermi in guardia, era spaventato di qualsiasi cosa facessi. Mi ripeteva sempre: appena sospetti che ci sia di mezzo certa politica lascia perdere, stai lontana, è pericolosa. Era ossessionato dalla politica. Ogni tanto veniva qualche vecchio collega a trovarlo, e si chiudevano qui dentro. Li sentivo litigare. Papà terminava quasi tutti i suoi incontri litigando. Si prendeva del mezzo scemo e dava dell'ingenuo e del credulone al suo interlocutore. Ogni volta che succedeva, nel fine settimana lasciavamo la città per andare a passeggiare in montagna. Abbiamo ancora un piccola casetta dalle parti di Cervinia, ereditata dalla mamma. Papà adorava camminare in montagna. E ancora l'ultimo anno, si faceva i suoi dieci chilometri di passeggiata senza batter ciglio. Si può dire che la montagna fosse la sua unica, grande, consolazione.»

Ernesto, Livio e Aurora ascoltano e intanto si aggirano per lo studio, controllano i titoli dei libri, ma chiaramente non c'è niente di più di quello che si vede.

«E non le ha mai detto nient'altro, quindi» rimugina Ernesto.

«Solo che quel Corvino gli aveva rovinato la carriera» replica Benedetta. «Ma se gli chiedevo appena qualcosa di più, si chiudeva in un mutismo ostinato, che poteva durare per giorni.»

«E non le ha mai parlato, per caso, del delitto Migliorini...»

La donna scuote il capo.

«No» dice. «Era una persona molto riservata. Triste, a volte arrabbiata, ma sempre riservata. Specie per quanto riguardava le faccende di quegli anni.»

Aurora fa il giro della scrivania, guarda la vecchia macchina da scrivere. Nessun computer, nessun cavo elettrico. È davvero uno studio di altri tempi. Poi osserva le fotografie: sono state quasi tutte scattate in montagna. Chiede a Benedetta chi sono le persone che vi compaiono.

Il signor Massimo Barigazzi è piccolino, stempiato, con il naso affilato. La signora è la moglie, scomparsa a cavallo del passaggio del secolo. Le altre foto sono di Benedetta, che via via cresce, fino a diventare la signora che hanno adesso davanti.

«E questo? È un collega?» domanda la ragazzina, indicando l'unica fotografia dove il signor Barigazzi è in compagnia di un altro uomo.

La signora controlla la foto, poi spiega: «No, quello è un suo caro compagno di passeggiate. Si chiamava... Piovano. Riccardo Piovano. Si erano conosciuti a Cervinia e per qualche tempo avevano coltivato il sogno di fare una grande traversata a piedi di tutte le Alpi... ma poi non se ne fece nulla».

«Come mai?»

«Il signor Piovano ebbe un terribile incidente, proprio in montagna. Un crepaccio dal lato svizzero del Cervino. E addio camminate.»

«E suo padre?»

«Fu un brutto colpo. Si incupì ancora più profondamente, divenne sospettoso in modo maniacale e... si chiuse in questo studio.»

Mentre racconta, la signora Barigazzi mostra uno dei paesaggi appesi alle pareti. È il Cervino, una tra le più famose cime delle Alpi. Così simile all'idea stessa di montagna che pare disegnata da un bambino. Aurora la guarda, poi guarda gli altri quadri. Non è un'esperta di montagna, quindi vede solo paesaggi, ma capisce che ognuno di quei quadri ha rappresentato qualcosa di importante per il signor Barigazzi, mentre per lei non significano granché. Anche se, a dire il vero... Una delle montagne, una specie di strano panettone di roccia, le è stranamente famigliare. E la cosa la sorprende non poco.

Dove l'ha vista?, si domanda. E perché?

La conversazione con la signora Benedetta, nel frattempo, è arrivata a un punto morto. Non c'è nient'altro che Ernesto e Belmondò possano chiederle e nient'altro che a lei sembri di poter raccontare. Lei sta dicendo che, nel caso le venga in mente qualcosa, li chiamerà senz'altro, e loro si scusano per il modo in cui le son piombati in casa a far domande.

Si avviano verso l'uscita dallo studio, quando Aurora, un attimo prima di lasciare la camera, si ricorda dove ha visto quella montagna. In internet, due settimane prima, con Stefano, mentre, ognuno sotto le coperte del proprio letto, cercavano informazioni sul misterioso Little Raven!

«È quella! È la montagna dell'Arkansas!» esclama, indicandola.

Ne è sicura, adesso: quella forma è inconfondibile. Con il cuore che le batte forte, chiede se può dare un'occhiata più da vicino al quadro.

«Vuoi dire… che devo staccarlo dal muro?» domanda la signora Benedetta.

«Per favore, sì.»

Vuol dire proprio quello. Non sa per quale motivo, ma è sicura che quella tela non sia lì per caso. Non è semplicemente possibile. Forse il signor Barigazzi aveva solo in programma di andarci a fare una camminata, ma forse l'ha lasciata perché qualcuno se ne accorgesse e ha annotato qualcosa sul retro, o nella cornice, oppure…

La sorpresa è ancora più clamorosa. Il quadro fatica a staccarsi dal muro, tanto che la signora Benedetta deve forzarlo. È ancorato alla parete con quattro ganci, e non certo perché è pesante. Ma perché non fosse facile spostarlo o levarlo da dove era stato messo.

Perché, dietro alla tela del Little Raven, c'è una minuscola cassaforte.

«Oh!» fa la signora Benedetta, non appena la vede. «Non ne sapevo niente. Non sapevo che papà ne avesse una…»

Sorride, un po' stupita.

«Non ho la minima idea di cosa ci sia lì dentro. Né di come fare ad aprirla» confessa. Che non è la cosa migliore da dire, forse, con due ex rapinatori in casa.

Ernesto, infatti, fa una smorfia. Belmondò inforca gli occhiali.

«È una vecchia Rutger» osserva, con fare professionale. «Era già una mezza baracca quando è uscita, figuriamoci adesso.»

«Sa aprirla?» domanda Benedetta.

«Può scommetterci, signora» risponde Belmondò. «Ma ho smesso, ormai.»

«Nemmeno se glielo chiedo per favore?»

«In questo caso, non so dire di no alla richiesta di una bella signora» sorride il vecchio scassinatore gentiluomo.

Poi si avvicina alla cassaforte, la controlla, soffia via la polvere.

«Nessuno ha spostato quel quadro da chissà quanto» dice, e chiede un po' di silenzio.

Appoggia la mano sinistra alla superficie metallica, poi si china e ci appoggia anche un orecchio. Infine, con la mano destra, comincia a girare la ghiera graduata.

Passano i secondi.

Poi i minuti.

E lui è ancora nella stessa posizione.

«Livio?» gli domanda Ernesto, dopo un po'.

Belmondò si stacca dalla cassaforte, una smorfia di disappunto sul volto.

«Dodici tentativi per scassinare una Rutger… Brutta roba la vecchiaia!»

«Vuoi dire che è aperta?» sussulta Aurora.

«Ma certo!» risponde Belmondò. «Sarò anche vecchio, ma non completamente bollito!»

Benedetta apre la cassaforte. Dentro ci sono due buste.

19
Segreti ingialliti

«A chi leggerà questa lettera...»

Basta quella prima riga perché la signora Benedetta riconosca i caratteri della macchina da scrivere di suo papà, e si commuova.

Ernesto, Livio e Aurora propongono di lasciarla da sola, ma lei insiste perché leggano insieme quelle pagine.

Allora si siedono tutti intorno alla scrivania e decidono che sarà Aurora a leggere la lettera. Lei allora prende delicatamente i fogli, si schiarisce la voce e comincia...

Ho conosciuto il dottor Riccardo Piovano a Cervinia, durante una camminata lungo il sentiero del lago Goillet. Non è stata una conoscenza fortuita. Il dottor Piovano era un agente dei Servizi Segreti.

La ragione del contatto era di comunicarmi la necessità che io smettessi di lavorare all'inchiesta sull'affare Migliorini. Mi confessò anche che era un incarico che non gli piaceva per niente. Riccardo Piovano era uno della vecchia guardia. Serio, leale, non approvava interventi come quello. Mi fece capire che qualcuno avrebbe voluto prendere misure molto più drastiche nei miei confronti, ma lui si era opposto. Ed era venuto lassù a farmi una proposta: smettere di occuparmi dei fatti di piazza Velasca e di cercare informazioni al riguardo. Mi disse che il direttore della Notte era già stato avvertito che io non avrei più proseguito la collaborazione con il suo giornale. Le alternative che mi furono proposte erano piuttosto semplici: se avessi accettato, avrei ricevuto un certo assegno semestrale sul mio conto corrente, per dieci anni. Altrimenti... quelli delle «misure drastiche» avrebbero fatto a modo loro. Il che naturalmente proiettava l'ombra di una minaccia non solo sulla mia vita, ma anche su quella dei miei famigliari. Mi diede appuntamento per il giorno dopo, per sentire la mia decisione. Accettai quello che, in seguito, tra noi avremmo chiamato «l'invito». E terminai così la mia carriera a Milano.

In seguito, la frequentazione con il dottor Piovano si fece più intensa. E non legata a motivi di lavoro né a ulteriori minacce. Decidemmo, consensualmente, di non parlare mai più del delitto Migliorini, come se non fosse quello il motivo per cui ci eravamo conosciuti. Scoprimmo, cioè, che coltivavamo la stessa passione per la montagna e i suoi sentieri, e mi sento di affermare che, in quel camminare in silenzio, per ore, tra i boschi e le pietraie, diventammo amici. Ognuno con i suoi segreti e ognuno con tutto ciò di cui non poteva parlare, chiuso nei rispettivi silenzi professionali. Un giorno, purtroppo, tutto questo finì. Venni infatti a sapere che il dottor Piovano era inspiegabilmente precipitato in un crepaccio sul versante svizzero della montagna. Inspiegabile perché non c'è modo di scivolare in quel crepaccio, a meno di non essere spinti o di accusare un malore improvviso. E al momento dei fatti il dottor Piovano godeva di una salute invidiabile. Qualcuno non si fidava più di lui e la nostra amicizia non deve aver fatto che peggiorare le cose. Riccardo Piovano è stato dunque ucciso, ma i suoi assassini non avevano capito che lui sapeva già di essere nel mirino. E invece Piovano lo sapeva così bene da essersi preparato per quell'evenienza.

Il giorno dopo il suo funerale, l'avvocato Ronelli, un suo caro e fidato amico d'infanzia, mi fece recapitare una busta piena di documenti. La stessa che troverete nella cassaforte, insieme a questa mia lettera. Sono carte che confermano, oltre ogni dubbio, ciò che la mia inchiesta sul caso Migliorini stava cominciando timidamente a svelare. Il dottor Migliorini era un uomo integerrimo, duro, politicamente non allineato e questo lo aveva messo in rotta di collisione con i vertici della banca per cui lavorava, che erano invece burattini nelle mani della peggiore politica. E un giovane funzionario milanese, che di quella politica sarebbe poi diventato un protagonista, s'incaricò di «risolvere il problema», con l'aiuto di una frangia deviata dei Servizi Segreti. Una sporca operazione sotterranea condotta in modo da addossare la colpa a un gruppo di piccoli criminali locali. Il nome di quel funzionario è Adelmo Corvino e i documenti in quella busta ne provano le responsabilità nel delitto Migliorini, in modo inoppugnabile.

Queste carte arrivarono tuttavia accompagnate da una lettera del Piovano. Riccardo mi ricordava che quella gente ha amici dappertutto e che per loro sarebbe stato fin troppo facile sommare due più due, se avessi provato a far venire subito a galla la verità. Perciò mi chiedeva di non compiere nulla di avventato, per il bene delle nostre famiglie. Voleva però che preservassi la verità che c'è in quelle carte, per quando essa non potrà più nuocere a coloro cui abbiamo voluto bene. E così ho fatto, sperando che, quando questa verità verrà alla luce, essa possa ancora contare qualcosa per qualcuno. Per i famigliari di Giulio Migliorini, ad esempio, e per chi ha pagato ingiustamente il prezzo di quel delitto.

Come giornalista mi rammarico e addoloro per non aver tenuto fede fino in fondo ai doveri della mia professione. Se ho avuto paura non è certo per la mia vita, ma per quella di mia figlia, ultima dei miei cari. E se provo disgusto, oltre che per la condotta a cui sono stato costretto, è per coloro che, con la loro invisibile ma soffocante minaccia, mi hanno costretto a tenere nascosta, per tutto questo tempo, la verità.

Più che finire di leggere, Aurora ammutolisce. Benedetta è impietrita. E pure Ernesto e Belmondò, gli occhi lucidi che guardano nel vuoto. Come osservando tutto il tempo che è stato loro rubato.

Livio prende in mano la busta dei documenti e la guarda, stranito, come se fosse appena apparsa lì per effetto di uno strano incantesimo.

«E... e adesso?» sussurra.

«E adesso tocca a noi fare la prossima mossa» risponde Aurora, quasi senza pensarci.

20
Briscola a cinque

C'è sempre una prima volta nelle cose. La prima volta che hai scoperto che in quelle felpe con i tasconi ci puoi infilare tutte e due le mani e quelle si toccano. La prima volta che sei andata a scuola. La prima volta che ti hanno dato una banconota da dieci euro per comprare qualcosa e ti sei tenuta il resto. La prima volta che hai ucciso il personaggio di un altro giocatore in un videogioco online. E c'è anche la prima volta, pensa Aurora Chen, distesa sul letto per fare un po' di ordine tra i suoi pensieri sul soffitto, in cui è stata lei a chiedere una storia alla signora Frigerio, anziché doverla ascoltare per forza. È successo prima di pranzare. L'ultima milanese vivente era lì, sul pianerottolo, che scavalcava lo zerbino di casa con in mano il piccolo trolley scozzese della spesa, e, invece di rallentare il passo o correre lungo la scala, Aurora si era fermata, l'aveva aiutata e le aveva fatto una domanda. Le aveva chiesto di quegli anni. Quelli lì, gli anni '70. Se ci andava anche lei a sentire quel tal Gaber a teatro.

Da come la signora Frigerio l'aveva guardata, anche per lei doveva essere stata la prima volta, da tanto tanto tempo, in cui non le toccava il ruolo di attacca-bottone, che sciorina ricordi spandendoli intorno a sé come i bacilli dell'influenza, nella speranza che a qualcuno venga la curiosità.

«Eh, quegli anni, che anni!» aveva risposto la signora Frigerio. «Li chiamano anni di piombo, ma in realtà erano anni… torbidi. Ecco la parola giusta. Torbidi, lo sai cosa significa?»

Aurora vede la parola «torbido» prendersi un po' di spazio sul soffitto della camera: contenente sostanze che ne offuscano l'originaria limpidezza. E si immagina quindi il flusso degli anni '70 come la corrente di un fiume limaccioso.

La scelta di quell'aggettivo la colpisce. Lei è nata trent'anni dopo, ma il modo in cui le sono arrivate le storie, le parole e i nomi – i nomi per lei sono importanti – la aiutano a tirare qualche somma su cosa deve essere stato vivere in Italia, a Milano, in quei tempi. Tempi di gente turbolenta, nei quali è davvero difficile distinguere buoni e cattivi. Lo Stato, la polizia, non dovrebbero essere al servizio dei cittadini, ad esempio? Badare a loro, proteggerli. Eppure, a mano a mano che si addentravano in quella storia, che lettere e carte uscivano dai muri e dalle casseforti in cui erano nascosti, era un quadro ben strano quello che veniva a comporsi. Giornalisti costretti a tacere, direttori di banca che non potevano dirigere, politici che si occupavano di cose che con la politica non c'entravano nulla, ladri che venivano derubati della loro stessa vita... Tempi torbidi e uomini torbidi come Adelmo Corvino che se ne erano approfittati, nascondendosi dietro amicizie pericolose, muovendo tanti burattini nel teatro della propria sconfinata ambizione. Un grande gioco della vita molto più complesso dello Showdown '70 che Aurora aspettava con ansia, e con ben altre implicazioni: lì, tutt'al più, si doveva iniziare da capo, con un nuovo personaggio. Mentre nei veri anni '70 poter ricominciare era un lusso per pochi. Sul soffitto di Aurora, a questo punto, c'è un po' di confusione, ma una cosa resta del tutto chiara: l'Ernesto e i suoi amici, in questa storia, non sono dalla parte sbagliata.

Loro non erano degli angioletti, ma quelli che li hanno incastrati, loro, sono i diavoli.

I suoi pensieri, a questo punto, vengono interrotti da un tramestio sulla porta, leggero leggero. È la mamma di Aurora, che ha modi ben diversi da quelli della mamma di Stefano.

«Vieni pure» la invita Aurora, facendo la stella sul letto e interrompendo tutte le sue elucubrazioni.

«C'è Stefano che chiede di te» dice la signora Chen.

«È qui?»

«Giù da papà.»

E così Aurora si infila le scarpe e, senza cambiarsi, scende le scale, spinge la porta del Jolli e trova l'amico seduto al tavolino vicino alla vetrina. Ha gli occhi febbrili.

«Ha risposto!» le sussurra, senza aggiungere altro. E non serve: Stefano sta parlando del segretario personale del senatore Corvino.

Aurora saluta suo papà, si fa dare un tè, lei che non beve mai tè, si siede davanti al suo amico e dice: «Grandioso, no?».

Di concerto con la Banda della Pantofola Assassina, in seguito a una riunione plenaria successiva alla visita a casa Barigazzi, Stefano e Aurora hanno inviato al segretario di Corvino un messaggio da una casella email non tracciabile, sigillata da una catena di vpn e server svizzeri e crittografata con… insomma, una roba sicura. Il contenuto del messaggio è presto detto: intestazione minacciosa, in cinese, con tanto di stemma di un dragone in stile Triade, la mafia cinese di Hong Kong. Testo in due lingue, cinese e italiano, ma stentato, per rendere il tutto più credibile. In allegato, un link alla scansione di uno dei documenti di Piovano. Un file a tempo, che si è autodistrutto dopo tre minuti senza lasciare traccia. La richiesta? Rispondere entro sei ore dal messaggio, aspettare istruzioni per un incontro, preparare una valigia con dentro trecentomila euro, e scordarsi di avvertire la polizia postale o qualsiasi compagnia di sicurezza, se non vogliono che *tutti* i documenti in loro possesso vengano spediti a *tutti* i giornali in un millisecondo.

«Certo che è grandioso, ha abboccato!» trilla Stefano, a quel punto.

«Non ci posso credere» si lascia scappare Aurora. Sarà perché ormai le viene da pensare a Corvino come al demonio in doppiopetto.

Prende il telefonino e chiama Ernesto. Per un istante pensa che sia imprudente, che il suo telefono sia controllato, ma poi l'ex capo della Banda del Gasometro le risponde. E nel suo *pronto?* c'è tutta la tensione accumulata in quarant'anni di galera.

«Ha abboccato» ripete Aurora.

Lo può quasi sentire digrignare i denti. Ernesto dice: «Corriamo subito lì».

E poi aggiunge: «Be', corriamo... si fa per dire!».

Il tempo sembra non passare mai. I ragazzi si alzano, si risiedono, guardano incessantemente fuori dalla vetrina, scambiano due parole – ma proprio due – con il signor Liwei, vanno nell'ufficio di Aurora, accendono e spengono il computer, non hanno voglia di giocare. Ogni volta che un cliente apre la porta, si girano per guardare chi è. E poi, questione di diciotto minuti e qualche secondo, i tre vecchietti arrivano al bar, agitati e con i chiari segni di chi si è vestito troppo in fretta.

«Un Ferro-Menta Gelsotti, signor Liwei!» esclama Renato, per primo.

«Tre!» rincara Belmondò.

Nel vedere i due ragazzi, devono trattenersi dall'abbracciarli. Sarebbe piuttosto difficile spiegare il perché e il percome al signor Chen.

È l'Ernesto ad avere il colpo di genio: «Ah, beccati! Questa volta non scappate alla briscola a cinque!» esclama.

Liwei ha il mazzo pronto, come se non aspettasse altro. Lo serve al centro del vassoio d'argento, in mezzo ai tre bicchierini.

Si siedono al tavolo.

«Allora?» fa l'Ernesto, mescolando.

«Allora anche i corvi abboccano, a quanto pare!» risponde Aurora, raggiante.

Belmondò dà le carte.

«Queste sono le regole...» parte Renato, insolitamente su di giri. «L'asso è la più alta, poi il tre, re, donna e fante. Si vince con 61 punti.»

E giù a giocare. Tra una presa e l'altra, il discorso continua.

«E adesso?»

«Aspettano la nostra risposta.»

«E noi cosa gli rispondiamo?»

«Che li incontriamo.»

«Dove?»

«Qui.»

«Qui dove?»

«A Milano...»

«Ma che sfortuna sfacciata!»

Questa è stata pronunciata a voce alta, per non insospettire il signor Liwei con tutto quel confabulare.

«Stavo dicendo: qui a Milano, venerdì prossimo.»

«Perché venerdì?»

«Perché abbiamo un piano.»

«Ah sì? Abbiamo un piano?»

«Una cosa pulita, come piace a voi, in stile Gasometro.»

«Dobbiamo solo far scattare la trappola.»

«È una parola. Qui, l'unica cosa che scatta, è il colpo della strega.»

«Ma li hai tutti tu i tre, ragazzo! Mai vista una roba simile...»

Ed ecco che arrivano i tramezzini.

E così per un'oretta, un'oretta e mezza, fino a quando le regole della briscola non hanno più segreti. Il signor Liwei è impegnato con le preparazioni per l'aperitivo, e così Stefano può tirar fuori dallo zaino la mappa di Milano e i personaggini dei Lego.

«Ora tocca a noi.»

Renato lo guarda disporli sul tavolino. Sgrana gli occhi.

«Abbiamo una certa età, ragazzi, per queste cose...»

«Shh...» fa Belmondò, che, non appena ha visto dove si trovano i circoletti fatti a pennarello sulla mappa, per una volta ha capito prima degli altri dove i ragazzi stanno andando a parare.

Anche l'Ernesto è curioso. Incrocia le braccia e – si direbbe per la prima volta in quarant'anni – sorride.

21
Addio, Little Raven

La trappola deve scattare di venerdì, per un motivo molto simile a quello per cui l'incursione all'Officina del Michelin doveva avere luogo di martedì: c'è la grande pizzata della scuola. E dunque Aurora e Stefano possono uscire senza dare troppo nell'occhio. Solo la signora Chen osserva, con una punta di curiosità, la quantità di equipaggiamento che Aurora decide di portarsi in uno zaino per andare alla pizzeria Big di viale Brianza: cuffiette, auricolari, un vecchio binocolo, un cambio di vestiti. Ma non dice alcunché: è solo contenta che Aurora esca a cena con i compagni. Stefano ha fatto altrettanto, e non ha battuto ciglio quando sua mamma gli ha suggerito le scarpe da pioggia, anche se in cielo non si vede una nuvola fino a Como.

I due si incontrano sotto casa e proseguono completando a ritroso l'itinerario tre, quello che passa dal Bonny

Market, con annesso parcheggio sotterraneo. Raggiungono la loro posizione, che è appena fuori da quel parcheggio, si cambiano veloci vestendosi con gli abiti scuri che si sono portati e si appiattiscono a terra. Hanno fatto almeno quindici diversi sopralluoghi: ormai conoscono tutta l'area meglio della loro cameretta. Controllano l'ora. Mancano meno di dieci minuti alla chiusura del market. Controllano la zona. Ecco Ernesto e Belmondò, in versione *Tre giorni del Condor.* Occhiali scuri, cappello, baveri degli impermeabili alzati. In piena luce sembrerebbero i due agenti segreti più sgangherati del pianeta, ma la penombra del parcheggio li avvolge invece di un'aura di mistero.

Altra controllata all'orologio. Renato, al piano basso del parcheggio, è pronto al diversivo, casomai Corvino decidesse di farsi accompagnare da qualche gorilla di troppo. Nel truce messaggio della finta gang cinese Aurora e Stefano hanno scritto, naturalmente, che il senatore deve presentarsi da solo al parcheggio, se non vuole mandare all'aria lo scambio. Ma hanno tutti visto abbastanza film polizieschi per sapere che uno come lui cercherà di fregarli. Ecco allora che il Renato è pronto alla contro-fregatura!

Quelli del Bonny Market fanno uscire gli ultimi clienti e abbassano la serranda. Stefano, come sempre, ha qualcosa da ridire. Non riesce a capire perché nei parcheggi sotterranei c'è sempre quell'aleggiante odore di pipì. Aurora ignora i suoi borbottii e comunica via auricolare con Ernesto, sperando che vada meglio di Londra.

«Allora?»

«Negativo. Il corvo non si vede.»

«Arriverà.»

Ma i minuti passano, e il senatore non si vede. L'agitazione del gruppetto sale, così la pressione. I messaggini si fanno febbrili. Qualcosa è andato storto. Era troppo facile.

«Cos'abbiamo sbagliato?» sibila Stefano.

Niente, pensa Aurora. Ma forse Corvino ha deciso di giocarsela in modo diverso, quella partita. Si vedrà. In ogni caso, se il senatore non si presenta entro dodici minuti, scatterà il piano B: email a tutti i giornali e vendetta pura e semplice, senza risarcimento per la banda. Perché i tre del Gasometro sono stati chiari: quel che conta davvero è aggiustare i conti col Corvino.

«Forse è meglio se ce ne andiamo...» sussurra infatti Ernesto a un certo punto. Sembra scoraggiato, l'ultima delle fregature della sua vita, ma non importa.

E poi, all'improvviso, ecco il tacchettio di un paio di mocassini da quattrocento euro sull'asfalto del parcheggio. «È lui!» soffia Ernesto nel microfono. È a piedi e, a quanto pare, è venuto da solo, come da accordi. Renato, in ogni caso, è pronto. È un uomo imponente, con una grande pancia pronunciata. E ha, ancora, un debole per le giacche doppiopetto. Il senatore porta con sé una valigetta. Mentre si avvicina a Renato e Belmondò, la serranda automatica del parcheggio sotterraneo del market si chiude, impedendo così l'accesso di altre auto. Una Mercedes parcheggia sul marciapiede, appena fuori dal market. Ne scendono i due classici gorilla, in soprabito scuro.

«Ci siamo» dice Aurora. «Tocca a Renato!»

«È pronto!» risponde Stefano, schiacciando nervosamente l'auricolare nell'orecchio.

«Al mio tre» ordina Aurora, osservando il nemico in avvicinamento. Gli uomini di Corvino sono in cerca dell'ascensore che scende nel parcheggio.

«Fermo. Lì va più che bene» intima Belmondò.

«Ma voi non siete cinesi!» gracchia intanto Corvino, fermandosi accanto a un pilone di cemento.

Quella battuta se l'erano preparata.

«E tu non sei un piccolo corvo. Sei grasso come un maiale» fa Belmondò.

«Andateci piano con le parole. Ve ne potreste pentire.»

«Tre!» sussurra Aurora.

È la volta di Ernesto, che parla con la bocca piena di cotone per alterare i lineamenti del viso e soprattutto la voce.

«Non siamo qui per chiacchierare. Forza, muoviamoci.»

«C'è qualcosa di strano in questa faccenda. Non mi piace per niente!» sibila Corvino, nervoso, e intanto si guarda alle spalle, dove c'è l'ascensore.

«Non deve piacere a te!» si lascia scappare Aurora nell'auricolare. Ed Ernesto, meccanicamente, lo ripete.

Corvino ridacchia. Ma è una risatina tesa, la sua. Tira su con il naso, si guarda ancora alle spalle domandandosi perché i suoi non stiano scendendo a sistemare quei due vecchietti. È roba da pochi minuti e…

«Chi mi assicura che se pago mi lascerete stare?»

Belmondò solleva la sua, di valigetta.

«Qui ci sono i documenti. L'unica copia esistente.»

Una bugia colossale, naturalmente.

«E credete che mi basti?»

«Dovrai fartelo bastare, senatore.»

«Voi siete due pezzenti. Altro che mafia cinese…» ringhia Corvino.

Forse l'istinto di quel vecchio farabutto gli fa sentire odore di fregatura. E ha perfettamente ragione di sentirlo.

«Dici?» gracchia Belmondò.

Con tempismo perfetto, arriva l'ululato di una sirena. Sopra, le due lenti del binocolo di Aurora si spostano sui due gorilla fermi davanti all'ascensore con la lucina rossa del segnale di occupato che resta implacabilmente fissa. Mentre un campanello d'allarme trilla, attutito, sotto di loro. Eh già, perché dentro la cabina, a metà strada tra il piano terra e il parcheggio, il Renato ha bloccato l'ascensore, ha premuto il tasto dell'allarme e infine ha finto un malore. E non è che abbia poi dovuto fingere granché… In ogni caso, quei due bestioni non sanno evidentemente che pesci pigliare. Dalla strada, sta arrivando a tutta velocità un lampeggiante bianco e blu.

«Chiudiamo, forza!» dice Aurora all'auricolare.

Corvino, al piano di sotto, è sbiancato.

«Ora basta, fuori i soldi! Spingi la valigia qui con un calcio» intima Ernesto, brusco. «E non fare il furbo o schiaccio un tasto e sei dentro a vita!»

Mostra a Corvino il telefonino che tiene in mano, e solo per un caso fortunato lo tiene dal lato giusto. Altrimenti, addio bluff. Corvino impreca, poi spinge verso di loro la valigia con un calcio, come gli è stato ordinato. Belmondò controlla: i soldi sembran buoni e sembran tutti. Gli lancia di rimando la sua valigetta.

«Buon divertimento» gli dice. «Stai buono buono lì, e non ti muovere, altrimenti…»

Indica il soffitto, dove le sirene sono sempre più vicine.

I due arretrano, senza voltarsi, tenendo sotto tiro il senatore con due ferri finti che Stefano gli ha procurato su ebay. Le sirene, ora, impazzano. E diventano sempre di più. Corvino comincia a correre. Ma non sa esattamente dove.

A quel punto, sopra, Aurora dà un colpetto a Stefano.

«Conta» gli dice.

Fanno partire il cronometro e si mettono in marcia a passo sostenuto. Nello stesso tempo, sotto, Ernesto e Belmondò stanno percorrendo un piccolo corridoio di servizio e, da lì, sono nel retro del supermercato chiuso, nella zona carico scarico. Mentre i due vecchietti in impermeabile raggiungono la serranda dall'interno, fuori, Stefano fa partire il magico baracchino a frequenze di suo padre, e zittisce l'allarme del Bonny Market.

«Via libera!» dice. Ed Ernesto apre la serratura con due colpi da re del grimaldello.

Ora sono tutti e quattro fuori, dalla parte opposta del parcheggio, in tempo per vedere i due tizi in soprabito scuro, agitatissimi, che cercano di spiegare qualcosa agli infermieri dell'ambulanza, accorsi al salvataggio di un vecchietto asmatico, debole di cuore e artritico che è rimasto bloccato in ascensore e che, preso dal panico, ha chiamato ogni tipo di soccorso, volanti e ambulanze…. Anche se restano abbastanza distanti, mentre attraversano il parcheggio e sfilano verso via Morghen, Aurora ha la certezza che, dal lettino dell'ambulanza su cui viene caricato, Renato faccia loro l'occhiolino.

Non parlano, i quattro, mentre l'adrenalina scorre via come un fiume. Ernesto sta per attraversare la strada col rosso, Stefano lo ferma per un soffio. Improvvisamente, tutta la topografia della città diventa un mistero. La tensione, scivolando via, ha portato con sé anche le cose normali. Si sentono svuotati, distrutti, increduli. Mentre aspettano il loro turno per attraversare, il semaforo sembra impiegare ore a diventare di nuovo verde. La valigetta di Ernesto è pesantissima. E pare che tutti li stiano guardando.

«Ok, là sotto?» domanda Aurora, appena diventa verde.

«Sì, sì… credo di sì!» risponde Ernesto.

«Noi adesso corriamo in pizzeria…» dice ancora Aurora.

«E noi, invece…»

Una macchina clacsona malamente alle loro spalle. Stefano fa un balzo, poi esclama: «Signor Livio!».

Si girano tutti.

Livio si è accasciato sul cofano di una Citroën in prima fila e poi, di lì, è scivolato a terra.

«Ehi!» sibila Ernesto, arretrando verso l'amico. «Guarda che il diversivo spetta al Renato! Cosa fai lì?»

«No, signor Livio, no!» esclama invece Aurora. Quello non è un diversivo. La troppa agitazione ha giocato un brutto scherzo a Belmondò. Il suo cuore ha ceduto davvero, non come quello di Renato. E così, di punto in bianco, proprio alla fine della storia, Aurora si ritrova paralizzata, in mezzo allo spartitraffico, con in mano una valigetta piena di banconote, le luci della sera che si accendono, la città che trema, i clacson, le sirene dell'ambulanza, tutto che gira intorno a lei, si accende e si spegne, come il cuore delle persone. Aurora si ferma, come svuotata di ogni forza, stringe i denti e guarda il nome della strada in cui tutto questo sta succedendo: via Morghen, un nome così orribilmente simile a quello della morte. E pensa che è così, che sono i nomi: misteriosi, incomprensibili, e sempre lì, pronti a raccontarti qualcosa che non ti saresti mai aspettato.

E mentre Ernesto cerca di spostare il suo amico da in mezzo alla strada, e Stefano si affanna come può per aiutarlo, lei resta ferma, incapace di partecipare, come se non fosse davvero lì.

Sta per piangere.

E poi piange per davvero.

Epilogo

In Liguria, nella Riviera di Ponente, è una di quelle giornate di sole pallido, a metà strada tra inverno e primavera. Una di quelle giornate a malapena tiepide in cui tutto, dal mare piatto alla foschia leggera che sfuma l'Appennino sullo sfondo, sembra invitare a un'infinita sonnolenza.

Non a caso Stefano sbadiglia, mentre lui e Aurora attaccano la ripida salita che conduce a una villetta abbarbicata tra ulivi, muretti e altre villette simili.

«Ma è il posto giusto, siamo sicuri?» fa Stefano, riemergendo dallo sbadiglio.

Aurora per tutta risposta gli mostra il gps del telefono che segnala «Strada Privata de Bougainville», ossia l'indirizzo indicato loro da Ernesto.

I preparativi sono stati lunghi e laboriosi, ma finalmente è arrivato il giorno della gita domenicale al mare dei signori Chen, con Stefano aggregato per gentile concessione materna e i tre fratellini di Aurora affidati a degli zii. I signori Chen pranzeranno al ristorante in santa pace, sul lungomare, mentre i due ragazzi faranno visita ai loro amici vecchietti.

Aurora non lo ammetterebbe mai con Stefano, ma il cuore le batte un po' più forte del normale. Sono passati più di tre mesi dall'ultima volta che ha visto quelli della Banda della Pantofola. E ne sono passati ancora di più da quel giorno là, quello che né lei né Stefano dimenticheranno mai.

Il numero civico dovrebbe essere il 28 e, in effetti, c'è un cancelletto di ferro battuto che è stato lasciato socchiuso. Aurora e Stefano entrano, e affrontano la breve scalinata che li porta in un giardinetto piccolo ma grazioso, al centro del quale c'è un albero di limone.

Aurora rimane sorpresa dalla quantità di fiori che ci sono e dalla loro rigogliosa salute.

Il primo ad accorgersi del loro arrivo è Renato, che abbassa di colpo la *Settimana Enigmistica* e sorride.

«Oh, siete arrivati, bravi!» esclama.

E così facendo sveglia Ernesto, che stava sonnecchiando al sole, nella sedia accanto.

«Ragazzi, ciao!» fa il baffo, sobbalzando.

«Buongiorno, Renato. Buongiorno, Ernesto» ricambiano Aurora e Stefano, praticamente all'unisono.

Hanno smesso di premettere *signor* ai loro nomi, perché i vecchietti hanno confessato loro di non poterlo soffrire. Scende poi un silenzio un po' troppo lungo, in cui solo l'eco di un clacson lontano aiuta ad attutire un po' il senso d'imbarazzo.

Ognuno di loro, vecchio e giovane, vorrebbe trovare qualcosa di allegro da dire. E invece… E invece tutti gli occhi finiscono per dirigersi sulla terza sdraio, vuota, che è rimasta all'ombra sotto una pianta d'ibisco.

Renato si abbandona a un lungo, profondo sospiro.

«Belmondò…» borbotta, scuotendo il capo.

Ritorna di nuovo il silenzio.

E poi Renato si alza dalla sdraio, gesticolando.

«È sempre stato un gran fanagòtt il Belmondò, ma da quando siam venuti al mare è diventato una roba… Con la scusa dell'infarto, manco le scatolette di tonno apre più! Robe da matti!»

«Non fare sempre il brontolone, Renato!» dice a quel punto una voce dalla fortissima inflessione inglese, che arriva dalla finestra della cucina.

Aurora e Stefano ci mettono poco a riconoscerla: è la signora Maude, dell'innocentissima casa editrice Little Raven.

Da vera signora qual è, ha perdonato ai ragazzi la loro cantonata e ora li saluta con estrema gentilezza.

E finalmente compare Livio, il Belmondò. Si affaccia anche lui dalla finestra della cucina. Aurora rivede il suo sorriso un po' guascone e sorride a sua volta. Quegli orribili momenti sul marciapiede di via Morghen sembrano lontani. Un principio d'infarto, scongiurato grazie alla presenza nelle vicinanze di un'ambulanza dotata di defibrillatore, aveva detto il medico. Ma che quell'ambulanza fosse là solo per la messinscena del Renato era una cosa che sapevano solo i partecipanti a quella piccola rimpatriata in località di mare.

«Ciao, ragazzi! Ben arrivati... Giusto in tempo: c'è la focaccia calda e il telegiornale sta per cominciare.»

L'annuncio di Belmondò fa spostare tutti nella luminosa cucina con il pavimento a scacchi. Il profumo di focaccia è inebriante e la voce del televisore non lo è di meno: sta dicendo che il giudice tal dei tali ritiene che il pericolo d'inquinamento delle prove da parte dell'ex senatore Corvino per quanto riguarda il delitto Migliorini sia fortissimo. Il vecchio politico travolto dal più grave scandalo istituzionale dell'ultimo decennio resterà dunque nel carcere di San Vittore, dove è recluso da ormai tre mesi.

Stefano alza il bicchiere con il chinotto.

«A Little Raven!»

«Sììì!» trilla Maude, divertita. «A Little Raven!»

Anche Aurora alza il suo bicchiere di chinotto (è un giorno speciale!) e quelli del Gasometro si uniscono al brindisi.

«Al carissimo Corvino, sperando che gli piaccia quell'hotel, in cui noi abbiamo soggiornato per una quarantina d'anni» fa Ernesto, prima di bagnare le labbra nello spumantino.

«Farabùtt d'un farabùtt!» gracchia il Renato, agitando le mani verso la faccia torva di Corvino che appare sullo schermo.

Ha parlato in dialetto milanese ma hanno capito tutti, anche chi fa Chen di cognome e chi è arrivato da Londra solo due giorni prima. E tutti sembrano d'accordo che non ci siano parole migliori con le quali far calare il sipario su questa storia.

Indice

Finito di stampare nel mese di maggio 2019
presso Grafica Veneta S.p.A. – Trebaseleghe (PD)

Printed in Italy